U0137310

周末热炒店的编剧课

东默农 ◦ 著

中国友谊出版公司

各界热烈推荐、激赏好评

（依姓名笔画排序）

很多人一直认为编剧需要的是才华，其实，好的编剧需要的是专业，说故事的方式是一门专业的学问。

一个好的故事传达的情感共鸣是全人类共通的，而重视观众感受的故事才能达到情感共鸣。

聪明的东默农透过一个幽默的故事说出了商业电影编剧中的种种奥秘，这些奥秘不只是技巧，而是商业电影为了要让大部分观众取得情感共鸣而必须考虑的观众感受——不装、不假、生动、好看，大推。

——《逆转胜》导演　孔玟燕

这宛如一本编剧的九阳神功。

大家正处在缅怀一代大侠金庸大师的时刻，突然收到出版社邀请，请我为东默农老师的新作《周末热炒店的编剧课》写推荐，当下毫不犹疑地答应，只因想抢先一睹老师的最新大作。东默农老师务实、风趣及贯古通今的教学，总令人意犹未尽，当下会让人有股不顾一切投身编剧行列的冲动，但如书本开章道白："唯一能中断你梦想的，只有钱。"一语道出，成为职业编剧需要的不只热忱，更需生存能力，而能力养成有其章法，东默农老师巧妙地将章法以故事发展的形式撰写成书。打开此书，跟随书中主角脚步，他将带领你从一个素人变成编剧大师，这本书会让你想放在桌边、床头、包包里，随时翻阅。它能让你在创造故事的浩海中，找到明灯；创意枯竭时，得到养分。就算我现在已从事歌仔戏及电视职业编剧多年，翻阅此书时，心情依然悸动。这真的是一本好书，在此诚挚推荐给大家。

——缘龙影视文化事业执行长　江明龙

编剧书不稀奇，在老套编剧学中还能写出新花样，唯有东默农一人。

——"故事革命"创办人　李洛克

这是一本好吃又好消化的编剧书。

东默农精准地解构编剧这门技艺，又极其聪颖地将其组织成一堂别出心裁的编剧课，让编剧原理与故事本身相互参照，又能紧密扣合。

推荐给对编剧这门职业存有各种想象与迷思的每个人。

——金马奖最佳动画短片导演　拉瓦

高明又平易近人的工具书，透过生动活泼的故事体，教授编剧技巧的同时，将读者带入编剧日常情境，感受困难和困境，了解产业现状和现实。本书本身就是一部曲折又充满勇气的电影，鼓舞着所有“有梦想没才华”的你！

——资深电影人　黄郁茹

用小说体教编剧写作实为高明！坊间编剧教科书不是有外文翻译隔阂感，就是举例过于冷僻，令读者一知半解。成为编剧不只要有勇气，更需方法，《周末热炒店的编剧课》是编剧入门的最佳选择。

——CHOCO TV 内容长　张庭翡

从事电影发行、制作工作超过二十五年，阅读过数千本中外剧本，也开发过近百本剧本。这些经验告诉我，商业电影剧本基本上是展现主角的渴望，形成动机和目标（第一幕），再透过主角的改变、学习再改变（第二幕），最后主角终于知道如何克服障碍、击溃反派达成任务（第三幕）的三幕剧（3 Acts）架构。

也就是说开发商业剧本其实是有一套公式。过去我都告诉有意从事编剧工作的新人，若要快速进入状态，除了多看电影以外，那就熟读布莱克·斯奈德（Black Snyder）的《救猫咪》（*Save the Cat*），但自看了东默农的《周末热炒店的编剧课》后，我会说在台湾地区只能选一本编剧书的话，我会推荐东默农这本，因为这本书就像传统武侠电影剧本，借用二愣子上山习武，武学大师设下重重关卡，让二愣子关关难过关关过中，习得绝世武功的形式，让初学者深入浅出地从编剧工作者该有的心理建设到写作技巧，都有深刻的体悟与启发，这些都比其他编剧教科书实际也实用。

——《共犯》《逆转胜》监制　陈鸿元

东默农吸收了好莱坞的编剧经典教材，加上心理学的训练背景，以及大量的实作经验。现在他很巧妙地运用《最后 14 堂星期二的课》的人物架构，写了本编剧学习的小说，而小说故事竟然印证了他的编剧概念，好看又深具意涵！

——亚太影展最佳影片《台北二一》导演　杨顺清

不是每个人都适合当编剧，但每个想当编剧的人都应该看看这本书。作者讲了一个热血的笨蛋（很抱歉，在台湾地区电影圈很多老鸟都是这样称呼菜鸟的……）努力证明自己可以当编剧的故事。我也曾经是个热血的笨蛋。这也是我的故事。

——《红衣小女孩》编剧　简士耕

目录

用编剧之眼，深入每个角色与故事

虽然大家都说我是简报老师，不过我更常说我只是个用故事传递观点的人。但一个故事要说得好，绝对不只是练习而已，更多的是去理解故事中的每个元素。

记得当初追踪东默农老师，是因为他常常用编剧的观点来解析不同的电影，而从他的“编剧之眼”中，常常能看见我们看不见的事实。有些时候我觉得电影还不错，却说不出哪里奇怪时，看老师的专页往往能得到答案。

于是，我踏进了东默农老师的教室。他当时把编剧中的心理学概念拿出来分享，从一个又一个的案例中，我才忽然惊觉原来曾经是社工系毕业、对心理学有点研究的自己，从来都没想过编剧和导演是这样用它的。

而老师在出书时请我写推荐文，我实在受宠若惊，因为老实说我对编剧一窍不通，我只是用自己的方法说出了自己的故事，会不会不够格推荐，甚至还在想自己会不会看不懂里面写的东西，但在看完这本书后，我想这些都是我多虑了。这本书就像是一本小说，因为有一个又一个深刻的细节。在读这本书时我却没有感受到负担，而是跟着主角一起探索着编剧的世界，在每个周末接受洗礼，慢慢朝着这个没有梦想的行业前进（笑）。

当然，除了角色的对话、内心戏、鲜明性格还有彼此的关系外，我们也在一个又一个的情节中，无形地把编剧的基础知识学完了。在每一个章节中，我们也和主角一起思考着作业，怎么样把一个角色交代好，如何安排剧中的场次，场景应该要怎么营造等。

忽然，我又被拉出了书中，东默农老师不但把他最深入的编剧方法教给我们，更把这些方法用在整本书的铺陈中，让我们跟着主角的情绪去感受、去思考，并留下印象。

而让我印象最深的，是“纸片人”和老蔡。虽然纸片人带着一份戏谑，满满的自我，但她也道出了许多在编剧界中的现实。而老蔡似乎带着满满诚意前来，却很有可能是个买空卖空的蟑螂。

这些现实，我想都是东默农老师想借这本书带给大家的，那是编剧界中大家都知道，你我却不知道的秘密。即便如此，书的最后留下了许多希望，我想那也正是老师期望留在世界里的希望吧。

回到这本书，即便我不是个编剧，也能够走进编剧的世界，享受拜师的过程，思考编剧中的每个设计。让我现在看电影、电视剧时，能懂屏幕内的设定，思考角色的合理性。而我们要为这本书付出的，大概就是跟热炒店里两道菜、一罐麦仔茶差不多的钱罢了。

期待与你在周末的热炒店中，一起抄着剧本，听老师说说那些有关编剧的事。

沟通表演培训师　张忘形

第一章

热炒店的编剧课

拜师

那场我没听到的讲座，改变了我的一生。

那天，我急急忙忙赶到里民活动中心时，只看到几个打瞌睡的老先生和在台上收拾器材的老师。我喘着气，边走边整理凌乱的头发，来到讲台前。

“请问，是高明老师吗？”我努力调整呼吸，试着不让声音颤抖。

高明老师用余光瞄了我一眼，将笔记本电脑放进背包，没有答话。

我知道我现在看起来一定很不正常，脏了的衣服、花了的妆，屏东的二月，太阳依然猛烈，在超过摄氏三十度的气温下狂奔，就算是志玲姐姐也会变成疯婆子。

“你可以教我怎么当编剧吗？”我用手背抹去滑下的汗水，感觉脸上又因沾满链条黑油的手指，多了一道迷彩。

高明老师还是没有答话，抱着背包，准备离开。

“等一下！”我赶紧挡住下台的阶梯。

他惊叫一声，显然被我突然的举动吓到，慌张地回答：“讲座下个月还有。”

“我等不到下个月了！”我听得出我声音里的着急。

高明老师一脸错愕，上下打量着我，良久才冒出一句：“你看起来很健康。”

这下换我愣住，我会意过来，忍不住笑了：“我不是那个意思，我只是想说，我很急。”

但高明老师没笑，他抱着背包，一脸困惑。

我试着放松他的戒心，开始自我介绍：“对不起，我脚踏车落链了，所以样子看起来有点可怕。我叫咏琪，我从小就想当编剧，但是屏东从来没有编剧课可以上。我看网络上说你写过二十几个电影剧本，超厉害的，希望你可以教我。”

“你想当我的学生？”高明老师似乎确定了我不是神经病，稍微放松了一点，但语气仍然冰冷，“你才不是认真的。”

“我是！”

高明老师面无表情，从台上盯着阶梯下的我：“你今天写了什么吗？昨天？前天？”

看我的表情，高明老师没等我响应，继续问：“你一星期看几部电影？一部？五部？十部？想当编剧，却不看电影，不是很可笑吗？”

原本紧盯着高明老师的视线，现在，只看得到地上的瓷砖。

“整天想着上课，却从来不自己下功夫，说自己很想当编剧，却连准时到场听讲座都做不到，像你这种人，我见多了。”

我猛地抬头，瞪着高明老师，他被我这突如其来的动作吓到：“你……你干吗？”

“有必要说成这样吗？”泪水在眼眶打转，我努力克制不让它流出来，“我也是拼了命地赶来，你有必要说成这样吗？”

“你……你不要以为哭了我就会怕你喔……”

“我都辞职了！你还要我怎么样！”禁不住委屈，泪水还是不争气地流了下来，我试着擦，但根本没有用，我猜我的脸已经被黑油弄得狼狈不堪，但我也不在乎了。

“麻烦死了……”模糊的视线中，我听到他咬牙切齿地嘟哝，“走啦，我请你吃饭。”

“咦？”

这便是我成为编剧的开始，我与高明老师的初相会。

梦想会替我开路

热闹的热炒店，在厨房炉火声、空调运转声、店员点单声、客人喧哗声与碰杯声的包围下，我们这桌显得很死寂。

我在店里的厕所洗掉了满手满脸的黑油，总算恢复成正常人的模样，但坐在我面前的老师只顾着喝他的麦仔茶，似乎完全没有向我搭话的意愿。邀我一起吃饭，是想向我道歉吗？从他的态度，完全看不到这个迹象。

我耐不住尴尬，开始向他解释讲座迟到的原因。

我在一间小公司当行政助理，每天的工作就是整理信件、发票，资料归档等杂务，薪水普通，每天准时上下班，生活还过得去，但我知道继续下去，梦想遥不可及。

我想试试看自己的能耐，但编剧班和工作，似乎都在台北。在发现高明老师编剧讲座的前一天，我向老板提了辞职。老板没有挽留我，但希望我帮公司办完最后一场活动再走，我答应了。

不过公司活动就在讲座当天早上，我原本以为忙完应该可以勉强赶上，但活动结束后的收拾却花了比预期久的时间，等我离开活动现场时，讲座已经开始了。接下来的故事，从我赶到现场的惨况中应该就看得出来，我的脚踏车落链，我蹲在路边修车，弄得一手油污，东摸西摸加上烈阳与赶路，还在跑进现场时摔了一跤……

“那为什么不能等到下个月？”高明老师突然搭话，打断了我的自言自语。

“那我的生活费怎么办？”

“你不是屏东人吗？住家里不行吗？”

“我家人都不在了。”

老师嘴巴张开，表情定格，我马上意识到我又说错话了。

“我是说，他们退休后就搬到花莲去了。”

“……你一定要讲些让人误解的话吗？”

“他们把房子也卖了，钱都在他们那里，我们家奉行的是自理主义，自己的生活自己负责，所以我在屏东也是租房子。”

“奇葩家庭里的奇葩孩子……”高明老师又开始嘟哝，“所以你存了一笔钱，想去台北闯一闯？”

“没有，以现在的薪水和物价，要存钱太难了。”

老师看着我，一脸不可思议：“你是说，你什么都没有，什么都不会，就这样辞职打算去台北？”

“梦想会替我开路。”

“感觉开的是死路。”

“如果老师你不教我，我就只能照原计划去台北了。”我挤出无辜的表情，望着老师，但老师对这苦肉计似乎不为所动。

此时我们点的菜开始上桌了，老师起身，又去拿了一罐麦仔茶，并且添了两碗饭——两碗都是他自己要吃的。

话题就像老师的麦仔茶，转眼就空了，我们这桌又恢复原本的死寂。

沉默像是持续了两百多年，老师终于开口了：“你为什么这么想当编剧？”

“我……”我一下子也答不上来，“我也不知道，就是很想。看到很多戏觉得很棒，就想说，如果自己也可以写，该有多好。”

“你最喜欢的电影？”

“嗯……《肖申克的救赎》《盗梦空间》和《电锯惊魂》。”我一口气说了三部，“但还有很多喜欢的，《时空恋旅人》《心灵捕手》……”

老师面无表情，看不出他喜不喜欢这些作品：“口味还蛮广的。你没听说编剧的工作环境很糟吗？钱又少，又不受尊重，工作量、压力和作息都不是正常人能接受的。”

“有……所以那些都是真的吗？”

“百分之百事实。这样你还是想做？”

我低下头：“……想。”

“你犹豫了。”我正想辩解，老师没让我打断，“这是好事，代表你是真的考虑过。看来不让你试过，你是不会死心的。”

我抓了抓头发，有点不好意思。

“那就一年的时间，让你变成编剧。”

“谢谢老师……你说什么？”我怀疑我听错了。

“一年，变成编剧。”

“一……一年？”这个数字太美，让我不敢直视。

“但我有几个条件。”

“老师请说！”我赶紧拿出笔记本。

“第一，不准缺席、不准迟到。你犯规一次，我们的课就停止。”

我点头如捣蒜。

“第二，我要求的作业，你必须完成。一次作业不交，我们的课就停止。”

我继续捣蒜。

“第三，我教你的东西，你必须照做。你敢有自己的意见，我们的课就停止。”

我点得脖子快抽筋了。

“最后，你去和你老板道歉，回去上班。”

“没问题……咦？”

“没听懂吗？回、去、上、班。”

“但是我想当编剧……”

“你现在的工作很适合编剧，收入稳定，上下班正常，而且不太花脑力。如果你兼职没办法做到，你全职也一样没办法。”

“可是……”

“你刚才答应了我什么？”

“……对不起，我照做。”

“很好。那之后每个星期六晚上把作业给我，每个星期天晚上六点上课，到这家店来，我请你吃饭。”

“请我吃饭？”上编剧课没要我缴钱，还给我管饭？我有点尴尬，“那怎么好意思呢？我可以付自己的……”

“我不要，这样点起菜来没办法尽兴。钱很重要，你每个月省四五顿饭钱，存个五百、一千也好。”老师挑光了盘里的蚵仔酥，“唯一可以中断你梦想的，只有钱。”

“但老师你不是说编剧的待遇不好吗？这样你不是……”

“我算是特例。我一年写二十个剧本，虽然都是网大，但加起来我赚的钱，应该是你的十倍。”

我完全无法控制我的脸部表情，惊讶地看着老师。

“你干吗？脸扭曲得像蒙克的《呐喊》一样。一个月赚十几二十万不算多吧？这家热炒店应该也办得到。”老师对自己的收入不以为意。

但让我惊讶的不是收入：“你是说，你一年就写了二十个剧本？”

“对啊，我讲座上的讲师简历不是写了吗？”

“我以为那是十几年累积下来的……”

“怎么可能？我看起来有这么老吗？”老师看起来确实只有三十出头。

我几乎就要跪倒在地了：“请务必教我怎样才能写得这么快！”

“还好吧。”高明老师拿出手机，用里面的计算器算给我看，“一个电影剧本三万多字，我周休二日，一个月工作二十天，每天工作八小时，每小时平均写七百二十三个字，一个月下来总共是十一万五千六百八十个字，其中有一半被删改过，算下来一年产出十五部，是合理范围。”

我目瞪口呆，不知道该给什么响应。

“你知道重点是什么吗？”

我摇摇头。

“愿意做，而且坚持做。”

老师的表情很认真，但我觉得他在讲干话[1]。要是愿意做就做得到，那我又何必这么辛苦呢？

“明明这么简单的道理，却只有少数人能做到。但反过来说，只要你能做到了，你就赢过多数人了。”

我当时没有意识到老师这句话背后真正的含意，也没有意识到他为什么要回到故乡屏东，每个月坚持办着只有打发时间的老人会到场的讲座。我只顾着想成为像他一样的编剧，没有想过，原来有一天，我会成为他生命中的重要救赎。

就这样，我在热炒店为期一年的编剧课开始了。

注　释

1　空话，看似有道理实则无用的大话。——编者注

第二章

没有梦想的职业

想当编剧，从放弃梦想开始

“听起来超骗的耶，”文青听完我的奇遇，一脸狐疑，“我从来没听过这个编剧，名字叫高明，怎么听怎么假。”

文青是我的高中同班同学，后来很巧地与我在同一间公司上班，他是公司的信息工程师。文青算是我的影友，常常和我讨论各类型的电影，但他的喜好明显与我不同，他推荐的片子我永远都会看到睡着，而我推荐的片子通常都会被他嘲笑。一个名叫文青、爱看艺术片的信息工程师，听起来很有混搭风。

“你有资格笑别人的名字吗？”我依老师的指示乖乖回到公司上班，继续与公司的发票和差旅单搏斗。

“谁知道，说不定是看你正。”

“你少乱讲。”因为一边工作一边说话，我写错了发票金额，我暗骂了一声，结果一伸手又不小心碰倒了桌上的饮料，我赶紧拯救桌上的文件远离扩散的珍珠奶绿。

“继续上班有这么不爽吗？”文青不为所动，一点也没有帮忙的意思，“你今天感觉特别没进入状态。”

有这么明显吗？我今天除了买了早餐忘了拿、订书机钉到手、用咖啡给盆栽浇水、进了电梯忘了按按钮、撞上玻璃门等事之外，应该没有太多反常的行为才对。我到厕所工具间拿了抹布和拖把，但回到座位才发现我拿的是扫把。

好吧，我承认我确实心不在焉。原因显然是高明老师在那天后来说的话。

“我要教你的第一件事，”高明老师开了第五罐麦仔茶，“就是忘掉你的梦想。编剧是一个没有梦想的职业。”

“但我的梦想，就是成为编剧啊。”我不太明白。

“这就是你最大的问题。”老师在用筷子挑花生米，他似乎很享受这种精细的手指运动，“你知道拍一部电影，要花多少钱吗？”

我摇头，印象中很多电影预告片都会说什么千万、上亿美元打造，但我觉得如果回答了会被老师笑。

“台湾地区业内差不多是三千万起跳，台币。大陆的院线更高，网大就少一点，以前刚开始大概是六十万人民币，现在大概是两百万人民币，也就是一千万台币左右。”

“比想象的低嘛。”我脱口而出。

“你如果有这能力，麻烦替我在屏东买栋别墅，”老师面不改色地酸我，“你会从自己口袋拿出这笔钱，去实现别人的梦想吗？”

“不会。”

“别人花钱在你身上只有一个理由：你有机会替他赚更多的钱。忘掉你的梦想，认清编剧是一份工作，是成为编剧的第一步。”

“所以我该怎么做？”

“不准写你想写的东西。”

“那……那我要写什么？”

高明老师干完他的麦仔茶，起身结账：“下个星期来，我会替你准备。”

老师头也不回地离开了，留下太多事想不通的我。常听人家说，创作是很个人的事，创作就是写自己熟悉的东西，作品是作者的孩子，但我的第一堂编剧课却把这个观念推翻了，让我烦恼了一整个星期。

而我犯了一个错，就是把我的烦恼告诉文青。

被害妄想症

一周之后，我依约来到热炒店，老师已经坐在店里，桌上已摆好三菜一汤，还有五罐麦仔茶。

“他是谁？”老师盯着我身旁的文青。

“我是来揭穿你真面目的正义使者！”不顾我的阻拦，文青指着高明老师发难，“你就是一个专门骗新人创意的骗子，骗他们说不能写自己的东西，替你免费工作，然后你就偷走他们努力的成果，这就是你一年可以写二十部作品的秘密！”

沉默。

老师起身，掏出钱包走向柜台：“老板替我打包。”

“等……等一下！”我赶紧阻止他。

“想逃走吗？被我说中了吧！”

“再帮我包两碗白饭。”

“我要把你的照片公布，上网踢爆你。”文青拿出手机。

“你够了没有！”我情急之下推开他的手，他没抓牢手机，手机飞了出去，正好掉进桌上的汤里。

沉默，长长的沉默。

“来，你的白饭。”老板见怪不怪，递上包好的饭。

在我抱着大腿求他留下之后，老师终于愿意坐回座位上听我解释，文青是自己硬跟来的，我没有带人来找碴的意思。文青默默坐在一旁，哀悼他那散发着玉米排骨汤香气的最新型 iPhone。

老师的眼神写着“麻烦死了”，开始喝他的麦仔茶：“我要教的第二件事，就是不要有被害妄想症。这世界上，没有人整天想抄袭你的东西。”

“那是因为你是骗子才这样讲……”文青又要发作，但被我眼中的杀气逼退。

“那是因为你没有成本概念才这样讲。”老师开始他的手指运动，将椒盐溪虾一只一只夹进碗里，“你是身价最便宜的菜鸟，偷你的创意去给别人写，他又没有省到钱，为什么不直接花钱要你写？更何况，一部电影成本上千万，编剧的费用在里面占的比例极低，他偷你的创意，还要背负影片上映时被你找麻烦的风险，他为什么要做这种事？”

文青还找不到话反驳，老师继续：“要找她做免费的劳动力，听起来更可笑。著作权是自然生成的，只要你可以证明是你写的，例如你可以上传云端硬盘，可以留存创作过程的各种文档版本，可以留下寄 E-mail 的记录，著作权就是你的。我在没有取得你许可的情况下拿去使用，我就是侵权，你大可以找我麻烦。更重要的是，这世上最难的事是什么，你知道吗？”

“是什么？”文青语气很不情愿，随手想拿桌上的麦仔茶来喝。

“是找到可靠的人。”老师打了文青的手，守护他的饮料，“如果你写的东西真的好，可以帮我赚钱，我最希望的是和你长期合作。而我偷你的东西，你就不可能再和我合作第二次，我为什么要自断财路？”

“但不是有很多编剧做白工的例子吗？”文青反驳。

“做白工是做白工，偷创意是偷创意。会做白工的原因，就是因为写好的东西没卖出去，对方不想付你钱。卖不出去的东西，他干吗要偷？”老师开始吃饭，“至于为什么卖不出去，可能是因为你真的写得很差，也可能是你听了对方糟糕的意见，原因太多了。”

“那我们怎么避免做白工？”我插话。

“做白工，都是自愿的。”老师发现三菜一汤不够三个人吃，伸手又要来了菜单，“你害怕失去眼前的机会，所以不敢要求对方付钱，或是在工作过程中不敢谈钱，是最常见的。你不替自己开一个价钱，别人就会当你自愿免费工作。”

“如果对方答应会给钱，最后却没给呢？”

“这不是做白工的问题，是讨债的问题。”老师又点了三样菜，“问题都解决了吗？还打算上课吗？”

文青似乎还想找麻烦，我立马用笔记本捶他的头：“我准备好了。”

发展故事的公式

老师从背包里拿出一个盒子，里面装着许多折得小小的纸片，总共有白、红、蓝三种颜色。他将盒子递给我：“每种颜色选一个。”

我照做了，老师又要我再做两次，我总共选出了三组白红蓝的纸片。

“这是我找旁边桌的客人写的，白色是类型，红色是角色，蓝色是任务，你现在可以打开来看看内容。”

我将纸片打开，里面的内容牛头不对马嘴，我心里有不好的预感：

第一组：武侠　气质文艺女教授　建立邪教

第二组：爱情　臭屁男[1]　找出初恋的死因

第三组：家庭喜剧　金牌电影编剧　逃离恐怖情人

老师接下来说的话，验证了我的预感：“这周的作业，将这三组纸片，写成三个小故事。”

“这……这太难了吧。”我在心中呐喊：臣妾做不到啊！

“不用太复杂，也先不用管故事长度，有个短纲就可以了。”

“这根本就是整人嘛，我就不相信你做得到。”文青也觉得强人所难。

“像这一组，”老师拿了第一组纸片，“一个害羞内向、没有自信的气质文艺化学系女教授，发现自己掉入武侠小说的世界中。为了在刀光剑影的江湖生存下来，她利用化学知识求生，同时调制出肥料协助贫苦的农民，却被误认成神迹，成了教主。女教授一方面很困扰，另一方面又觉得自己获得肯定，产生了一些自信。然而地方官认定村民组织了邪教，发兵围剿，村民人心惶惶。女教授认为自己做了蠢事，不该将现代的科学带进古代，以为能帮忙，反而导致村民惹上杀身之祸。她偷偷独自去自首，想要用自己的生命拯救村民，没想到官兵打算斩草除根，不放过任何一人。女教授计划失败，原本建立起来的自信完全瓦解了，在她危在旦夕之时，受她协助的农民们群起保护她，击退了官兵，并且解开了邪教的误会。她与村民建立起家人一般的情感，再度穿越回到现代。她因为这段奇特的冒险，了解到自己的优点，进而找回了自信。”

我和文青目瞪口呆，仿佛见证了奇迹。

“这么粗糙的东西，离完整的故事还差很远。”老师点的菜上桌了，他开始喝起新点的排骨汤，“但如果练就这样架构故事基础的能力，创作速度自然就会提升。”

“所以是一种类似公式的方式？”我觉得跃跃欲试。

文青却泼我冷水：“戏剧创作是艺术，艺术怎么会有公式呢？艺术的重点，就在于打破公式。”

“我不教艺术，”老师也回答得直截了当，“我也不关心艺术。我关心的是产业和效率。要形成产业，要建立效率，需要的不是惊为天人的神作，而是能持续被产出的、质量稳定的作品。我教的是一套完成‘一定质量’作品的快捷方式。”

“多么庸俗的想法。”文青觉得可笑。

我却觉得这个想法很实际：“我想学，请教我这套公式。”

“就算不能写自己想写的作品？”高明老师盯着我。

“就算不能写自己想写的作品。”我觉得自己已有了觉悟。

“那我就开始了，”老师放下汤碗，“第一步，戏剧是变化，先确定角色的变化过程。我替‘气质文艺女教授’增加了‘没自信’这个特质，让她从没自信变成有自信。这个角色的转变过程，一般被称为角色历程或角色弧线，或被称为内部事件。”

“接下来，戏剧是冲突，冲突是‘想要’加上‘阻碍’。一部戏的主轴，是由角色的‘想要’推动的，角色不断追逐他的目标，不断遇到各种阻碍，并且不断采取行动克服这些阻碍，就形成了整个剧情。所以第二步，替角色建立一个动机、一个目标，说明为什么角色需要进行被指定的任务。这个部分可以从类型、任务和角色彼此的关联性去寻找，所以结合了‘武侠’与‘建立邪教’，我选择了穿越的剧情。

“这里有一个剧情设计的诀窍，就是要替主角安排一个适合和一个不适合这个任务的特性。”老师在这里停了一下，喝了口麦仔茶。

“适合和不适合的，各一个？”我试着确认老师的意思。

“对。这个任务是专属于主角的，所以一定要有一个非主角不可的原因，这就是适合的部分，所以我又给主角安排了一个‘化学系教授’的特质，使她适合‘建立邪教’这个任务。”

“那为什么需要不适合的特性？”

“为了戏剧性。如果角色完全适合一个任务，无论是能力、性格或观念上都是最佳人选，那就做不出有力的冲突。”老师稍稍停顿，像是想到了什么，“知道什么叫‘有力的冲突’吗？”

“呃……觉得听懂了，但不会表达……”

“那就是没听懂。学习要听完能够表达，才算学得完整。”老师纠正我，但并没有责怪我的感觉，“有力的冲突就是戏剧张力强的冲突。加强‘想要’或加强阻碍，都可以加强冲突的戏剧张力。一个人丢了工作，如果他本身很有钱，工作只是好玩，‘想要’很弱，失业对他来说就没有戏剧张力；或是他能力很强，到处都有人找他去上班，‘阻碍’很弱，也一样没有张力。”

“如果我们设定主角急需用钱，卡债一堆，又有房租压力，而且他知道他一旦失业，以他的能力与年纪，下一份工作不知道会在哪里。‘想要’和‘阻碍’都提升了，这时失业这件事对主角来说，就变得至关生死，戏剧张力就变大了。在这个例子中也可以发现，以‘面对失业再找工作’这个任务来看，主角如果光有适合的特质，问题容易解决，阻碍就会显得薄弱，设定不适合的特质，能够帮助我们加强阻碍，提升戏剧张力。”

“你教编剧的方式，怎么听起来像在教物理化学？”文青自顾自地嘀咕，但没有人理他。

“另一个设定不适合特性的原因，和角色的成长变化有关。人都必须经历自己做不到的事、有挑战的事，才会有所成长，如果角色都只做自己适合做、习惯做的事，那当故事结束时，要合理地完成角色历程，就会变得不够有说服力。这一点因为原来抽签时，文艺气质女教授本来就和武侠、建立邪教之间有矛盾，所以我就没有再另外替她安排新特质，而女教授去武侠世界冒险，正好适合没自信变得有自信这个内部事件。”

“好像看到破解魔术的过程。”虽然还是似懂非懂，但我好像开始对说故事这件事有点方向了。

“第三，建立故事曲线。”老师用筷子在吃光的糖醋里脊酱汁上，画了这样一条弧线：

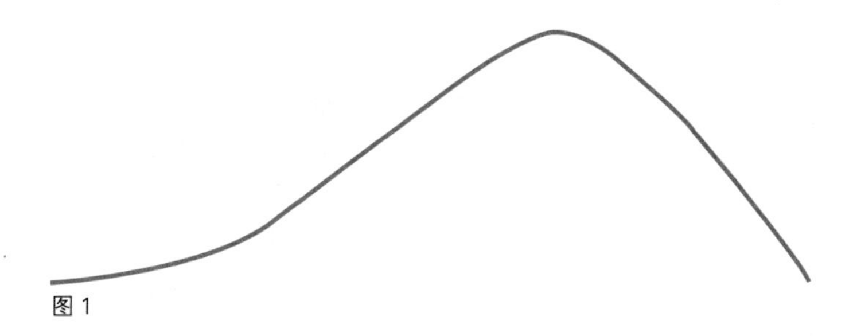

图 1

“这条线很常见，几乎每次谈到说故事，都会有人画，就像每次谈说故事，就会有人讲三幕剧一样，但多数人并没有真正去理解这条线。”老师指着线，“这条线的横坐标是时间，也就是剧情的发展，第一秒到最后一秒；纵坐标是情绪，也可以说是戏剧张力。随着时间前进，戏剧张力会越来越大，到最高峰的时候，也就是剧情的高潮，然后高潮事件解决，冲突解除，故事步入尾声。”

“听起来是常识，有什么不能理解的吗？”文青一脸“干吗说得这么玄”的表情。

“问题出在怎么做到。你要怎么带动观众的情绪？”老师反问。

“就一路预赛、准决赛、决赛打上去，不就好了？设定越来越难的关卡让主角突破啊。”文青比手画脚，“小 boss[2]、中 boss、大 boss，游戏都是这样规划的。”

“一路赢到最后，然后打倒大魔王，美满大结局？”

“对啊，不然呢？”

“无聊透顶的故事。”

“会吗？”文青用眼神向我寻求支持，但我也觉得这样的故事好像太无趣了。事实上，现在很多手机游戏的故事对我来说都有点无趣，好像只是为了一关接一关下去，理所当然的剧情。

“戏剧是变化和冲突，从变化来看，如果主角从头赢到尾，情节本身缺乏变化。从冲突来看，主角不断地跨越阻碍，就等于一直解决冲突，观众情绪反而不会被拉高，只会原地打转。”

“所以应该要让冲突延长？”

“理想上，冲突应该要推进到高潮阶段才获得解决。所以理想的剧情铺排，应该是反过来，让主角不断挑战失败，直到绝望的时刻，这样才会创造出高潮。绝望才会带来最大的情绪。”

“所以要让官兵来围剿，千钧一发。”我又发现了魔术的秘密。

“对。你如果知道目标在哪里，就会更清楚过程要怎么安排，所以在写故事时，也可以先问自己绝望的点在哪里，你就会比较快找到答案。”

“那我怎么知道主角怎样才会绝望？”

“笨，让他快死了不就绝望了？”文青呛我。

“但我总不能每个故事都让主角有生命危险吧？”我看着另外两组纸片，爱情和家庭喜剧，找出初恋的死因和逃离恐怖情人，虽然好像硬要让主角有生命危险也做得到，但似乎都会变成悬疑惊悚片。

“你还不笨嘛。”这应该是我和老师相处以来，他最接近夸奖的一句话了。不知道是不是错觉，我似乎看见老师的嘴角有一丝丝的上扬：“绝望有两种作法，都和主角想要的东西有关。第一，主角离他要的东西最远，不可能得到他要的东西的时候；第二，主角离他要的东西最近，近在眼前伸手就可以拿到的时候，但他却失败了。死亡算第一种，因为死了就什么都没有了。”

“安排角色的缺点和成长。安排角色的‘想要’和阻碍。安排角色适合和不适合任务的特质。安排绝望。”我重复了笔记本上的步骤，“总共四个步骤。”

“最后还有一个重点，这不算步骤，算是检查剧情有没有歪掉的基准。一个故事，必须要有焦点。”

“焦点？”

“我们平常听人说话，都会想：‘这个人想表达什么？他为什么要说这段话？重点在哪里？’如果我们听不出来，就会觉得不知道他在说什么，或是他讲着讲着不在原本的重点上，我们就会觉得他离题了。故事也是一样的。

“当决定故事是‘让主角透过冒险变得有自信’的过程后，所有事件的设计，都必须扣在这个焦点上。邪教虽然可以做很多事，可以敛财，可以建后宫，可以预言世界末日，可以发动战争……但如果这些事无法让主角变得更没自信或更有自信，或是无法与主角想回到现实世界的目标有关，那就是偏离焦点。焦点是由主角的‘想要’和‘需要’决定的。”

“‘想要’？‘需要’？”

“‘想要’就是主角的目标，想回现实世界，想求生，想救村民……通常是一个具体的、外在的东西。‘需要’就是主角得到了才会幸福、获得救赎的东西，他欠缺的价值或情感，通常是内在的东西。只完成‘想要’，主角不会成长，故事无法完结，要完成‘需要’，故事才会完结。如果女主角回到现代，但一样没自信，不就很怪吗？但反过来说，女主角没有成功回到现代，却在古代找回了自信，在武侠世界中从此幸福快乐，其实是另一种结局。所以‘想要’可以不被完成，但‘需要’必须被满足。一般娱乐性强的故事，‘想要’和‘需要’都会完成，而稍稍有悲剧色彩、耐人寻味的故事，可能只会完成‘需要’，不会完全实现角色的‘想要’。”

“就像《釜山行》和《泰坦尼克号》？”

“对。”老师拿着账单起身，“今天就差不多这样吧。两个作业：第一，去找十部电影，依今天上课的内容，写出在剧情里是怎么安排的；第二，把剩下两组纸片的故事完成。我星期六如果没收到你的作业，星期天我就不会出现。至于你，”老师看向文青，“不要再来了。”

老师交代完作业，就像上周一样，头也不回地离开。

“耍什么帅嘛……”文青收起他那排骨汤口味的手机，“老板，我们要打包。”

今天的信息量简直破表了，但我觉得超级兴奋，因为我真真实实地看见一条学会编剧技巧的道路。

注　释

1　臭屁，形容喜欢自夸，傲慢。——编者注

2　boss，指游戏中的敌人，玩家需打败 boss 才能通过关卡。——编者注

第三章

淘汰

内外之分

这星期是我最热血的一周，一扫上周的阴霾，不但工作状况极佳，而且感觉生活步上了新的轨道。为了完成老师指定的作业，我每天利用午休和下班后的时间看一到两部电影，并且在零碎时间构想两个故事。

我似乎可以理解老师要我回来上班的原因，也可以理解为什么我们第一次见面，我告诉他我想学编剧时，他会质问我一星期看了多少电影。我以为一边上班一边创作是不可能的，但其实一整周下来，我可以运用的空闲时间比自己想象的更多，只是以前我总是拿来“放松”与“放空”，摸着摸着就过去了。

就像老师说的，兼职做不到，全职也不可能做到。

星期天晚上，为了不让老师等，我提早半小时到了热炒店，等待这周课程开始。笔记本 OK，三种不同颜色的笔 OK，开始变饿的肚子 OK。我拿出打印好的作业，做最后的检查：

第二组故事：爱情、臭屁男、找出初恋的死因。

一个臭屁得令人讨厌的男人，有天意外得知初恋的死讯，他试着想找出初恋的死因，但因为他很惹人厌，所以没有人愿意给他线索，正当他决定放弃的时候，一场地震发生，他家书柜的书都掉了下来，他收拾过程中找到了当初他写给初恋的情书。他一边看一边哭，发现原来他其实很爱初恋，但一切都来不及了。

第三组故事：家庭喜剧、畅销电影编剧、逃离恐怖情人。

一个畅销电影编剧，想逃离她的恐怖情人，决定找她的家人帮忙，自编自导一出戏把他赶走。但她的家人是群废柴，不是台词记不牢，就是过度紧张或过度脱线[1]，让计划一波三折，最终计划被情人看穿，家人挺身保护女主角。家人对情人晓以大义，情人受到家人与主角之间的牵绊感动，回心转意，成了一个好情人。

有变化，有冲突，有适合和不适合的特质，有绝望，有焦点。一切非常完美，我看着自己写下的故事，觉得自己似乎有点天分。

“你一个人傻笑个什么劲？”

“没什么……你来干吗？”大剌剌在我身旁坐下，自顾自研究菜单的人，居然是文青，我一下子慌了手脚，生怕老师因为他在场而取消了今天的课。

“孤男寡女共处一室，我放不下心。”文青开始点单，划了四五样菜。

“你还挑贵的点！”我抢过他手上的菜单，“这里是公共场合，你有什么好不放心的，而且什么时候轮到你担心了？”

“你爸当初把你交给我，我对你有责任。”

“不要讲这种会引起别人误会的话！”

“这是你写的作业？”

“不要碰我的东西！”

“一个臭屁得令人讨厌的……”

“不要念！”

好不容易在一番缠斗后，我终于将东西从文青手中抢了回来，却发现老师已经抱着五罐麦仔茶坐在我的对面，将它们一一整齐地放在桌上。

“对不起老师，我马上把他赶走……”老师一如往常的扑克脸，看不出来是喜还是怒，但后者的概率应该是占了九成九。

“我们开始今天的课吧。”

“咦？”我和文青对看一眼，他回我一个胜利的笑容，我们坐回位子上。

“我们从作业谈起吧，”老师从背包取出我的作业，他也印了一份，“利用下班时间在一周内确实看完了十部电影，写完了作业，可以看出你的努力……”

老师又夸奖我了，这次比“不笨”听起来更像赞美，我藏不住脸上得意的笑容，是的老师，我会成为一个让你骄傲的弟子的。

“……但创作的内容很有问题，我先和你确定一下，你应该不是故意的吧？”

我努力隐藏心中的动摇：“什……什么故意的？”

“有些人会故意写得很差，来挑战老师的理论。”

我多么希望我是故意的：“我没有……我试着照老师说的步骤去进行。”

“那男主角想要什么？”老师指着臭屁男的大纲。

“想找出初恋的死因啊。”

“他为什么想找出初恋的死因？”

我愣住，回答得很心虚：“因为……因为他好奇？”

“你不能用问句回答对故事的提问。”老师打开了麦仔茶，“人会做任何一件事，都不是理所当然的。‘想要’指的是他做事的理由，而不光只是‘他想完成的事’。你要能分清楚故事的内部与外部才行。”

“内部？外部？”我越听越不明白。

“你不笨，但看来也不聪明。”老师从背包中拿出纸笔，顺便朝我射出一支冷箭，“我用上周的例子来解释吧。”

老师画了像下面这样的表格：

表 1

外部剧情	女主角的日常生活	她穿越进武侠小说	她利用化学知识，建立邪教的过程	官民的围剿	村民的团结拯救	回到日常生活，变得有自信
内部（角色）	对自己没自信的一般生活	惊慌不知所措	为了求生，为了帮助农民，被迫努力	绝望，发现努力都白费了	发现努力是有价值的	有自信的新生活
内部（架构）	介绍角色缺陷、性格、能力、身份等，做好铺陈	让故事发生，让角色生活失去平衡	放大过程，发挥她的能力	制造高潮，使她相信相反的事	利用她努力的成果做反转，传达主旨	完成成长

老师开始解释：“外部就像外在美，指的是具体可以看见的部分，就是各种情节。内部就像内在美，指的是看不见的部分，这个部分分很多种，我们这里先讲基本的两种，一个是角色的想法和动机，一个是故事应有的架构。原则上，所有外部剧情都是为了表现内部的设计，但在实务上，像我们这次的作业，常常会先被要求外部剧情，而编剧的工作就是完善内部的逻辑。

“如果我们把一部戏拆开来分析，任何一段剧情，都应该要可以填满这三个格子。如果少了外部，代表演不出来，没有事件，常常就只能用旁白或内心戏交代过去；如果少了角色内部，代表角色不真实、不合逻辑、没有动机，这种情况观众就会容易出戏；如果少了架构，或不符合架构，这段戏可能就是多余的、累赘的。”

我看着表格发愣，相较于上一堂课，我觉得这堂课几乎是天书，听得我似懂非懂。

“要学会编剧，看懂戏的外部和内部，是一个基本的分水岭。很多编剧始终没有看懂这些内外问题，所以一直写不好，只会编剧情，但都不知道自己到底在写什么。”菜一道道上桌，但我原本酝酿好的食欲早已荡然无存。

老师开始吃饭，文青拿起筷子，却被老师阻止。

“这里没有给你吃的东西。”

“我刚才也有点东西……你看我点的羊肉火锅来了。”文青一副理所当然要吃白食的态度。

但老板却把火锅放到隔壁桌上。

“老板，你送错了吧，那桌没坐人。”文青向他招手。

“没错啊。”老板将菜单递给他看，桌号确实是隔壁，原来老师将文青事先写的那张菜单填了隔壁桌的桌号，另外点了自己的。

“你这个人……啊啊啊啊。”文青刚才挑的店里最贵的菜色，全都送到了旁边桌上，看来他的荷包要大失血了。

“趁热吃，不要浪费。”老师淡淡地喝着他的麦仔茶。

要是平常，我肯定会嘲笑文青的自作自受，但现在我一点也笑不出来。

我知道想当创作者，是很仰仗天赋的。有天赋的人，光靠直觉就能写出吸引人的东西，而没有天赋的人，再怎么努力，也只是给人家做陪衬的。

当老师答应教我时，当老师说我不笨时，当老师说的东西我觉得我能听懂时，我一度产生了“我其实也算有点天赋”的错觉。但错觉，终究只是错觉罢了。

“你不适合做这个。”我想起了父亲对我说的话，“你应该去找你更有天分的事情做。”

突然，一个东西打中了我的额头，刺痛把我拉回了现实。我低头一看，那是一枚田螺壳。

老师正用筷子夹着烧酒螺，一枚一枚吃得啧啧有声：“别发呆，快吃饭，饿肚子会让一个人过度悲观。”

我看着隔壁桌含泪吃着火锅和烤鱼头的文青，觉得就算吃饱也无法乐观起来。

老师吸着螺肉，明明看上去才三十出头，现在却充满大叔风味：“反正，你一定是在想关于天分的无聊事吧？”

我反射性地双手挡心口，想当编剧，还必须会读心术吗？

“所以你想当编剧的觉悟，就只有这么一点吗？别人说你没才华，你就打算放弃了吗？”

“没有才华，也可以当编剧吗？”我感觉喉咙发干。

老师一脸平静，却语出惊人：“连有睾丸的男人都可以当女人，要当编剧有这么难吗？”

我忍不住扑哧一笑，而且一笑不可收拾，笑到眼泪都差点掉出来了。老师的比喻不伦不类，但不知道为什么，我居然有种被说服的感觉。

我的食欲似乎又回来了。热炒店的喧嚣依旧，我们安静地吃着饭，虽然吃饱并不一定会使人变乐观，但我的心情确实有些振作了。

“臭屁男，仍然爱着初恋。”我试着修正我的作品，“这就是他必须找出初恋死因的原因。”

公式的内部

“这个可以成立，他爱着初恋，两个人却因故没有在一起，他想了解初恋为什么而死，好替这段感情做个了结。这是一个有点私人、有点细腻的感情动机，但确实说得通，只不过，这样就会出现另一个问题，”老师正在把吃完的螺壳夹回盘子上，“你的故事没有转折。”

他将盘子推到我面前，螺壳排的形状，刚好是他上一堂课所画的故事曲线："我们上次只讲到情绪的起伏，今天补充一下故事曲线代表的故事架构，你可以配合着刚才我画的表格'架构'那一行做对照。（见图 2、表 2）

"故事曲线的第一个阶段是铺陈，也就是告诉观众故事主角是谁，有什么特质，目标是什么，故事的主事件是什么等，这个部分主要是让观众了解状况，大约就是表格中的第 1 格，是用来说明角色原本的样子。

"第 2 格我们通常称之为启动点或触发事件，也就是故事开始的地方，角色脱离了原本的生活，进入一个新的世界。以女教授

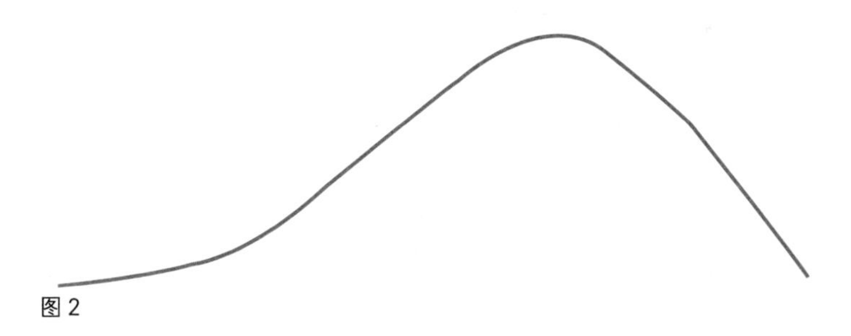

图 2

表 2

	1	2	3	4	5	6
内部架构	介绍角色缺陷、性格、能力、身份等，做好铺陈	让故事发生，让角色生活失去平衡	放大过程，发挥她的能力	制造高潮，使她相信相反的事	利用她努力的成果做反转，传达主旨	完成成长

的故事来说，就是女主角的穿越；以臭屁男的故事来说，就是他得知前女友的死讯。有些创作者为了提早抓住观众的目光，会选择将 2 放到 1 前面，先让启动点发生，再交代主角是谁和他的目标都可以。这个 1 + 2 的部分，对应到传统的起承转合，就是起的阶段，对应到传统的三幕剧，就是第一幕（开始、开端）。

“故事曲线的第二个阶段，是放大，也就是冲突持续发生，越演越烈，主角越来越努力，背负越来越多风险，戏剧张力不断扩大，情绪持续上升，一直到接近绝望的部分，也就是第 3 格和第 4 格。是起承转合的承，是三幕剧的第二幕（冲突、发展）。这个阶段有一个很重要但常被大家忽略的任务，就是让主角，也就是让观众，相信一件相反的事。”

原本持续振笔疾书，几乎都要写成逐字稿的我，突然停了下来：“相信相反的事？和什么东西相反？”

“和你希望观众在故事最后相信的事相反，或讲得简单一点，和你的主旨或结局相反。”

“为什么？”

“因为故事曲线的第三阶段，是反转。戏剧是变化，无论是剧情外部还是角色内部都需要变化，没有变化，故事就没有转折，就会显得平淡单调，原地踏步。第 5 格的反转和第 6 格的完成成长，就是起承转合的转跟合，也是三幕剧的第三幕（结束、解决）。如果在放大阶段，没有做到‘让观众相信相反的事’，那就无法做出反转。你没有发现吗，在官兵围剿之前，剧情看起来，女教授应该是会一帆风顺吧？这就是让角色相信相反的事。”

“我有问题。”突然，文青说话了，他的脸色因为吃太饱而显得僵硬。

但老师没有理他：“如果臭屁男是因为爱着初恋而开始寻找死因，那结局收在‘他发现自己真的很爱初恋’，就没有任何转折，因为从头到尾他都爱着初恋，没有改变过。整体来看，角色也没有变化和成长。”

“我有问题。”文青坚持。

老师坚持不理他：“这个故事还有第三个大问题，就是高潮的事件，不是由主角的努力完成解决的。高潮的解决一定要和主角有关，而且解决的方式也要和主旨有关。”

“我有问题！”文青拍桌，但似乎因为震动到肚子，他痛得弯下腰。

“厕所里面走到底右手边。”

“我不是要问这个……”文青扶着肚子，勉强抬起头，“你上个星期说故事应该要让主角一路失败，到最绝望来创造高潮，但你刚才自己也说了，那个女教授的故事，其实是一帆风顺吧？她解决了面对的每个问题，这不是和你教过的矛盾吗？”

文青居然提出了建设性的问题，我感到惊讶。

“看来没上课的人，比上课的人认真。”老师倒是淡定，“是的，就像上周说的，绝望有两种做法，一种是离‘想要’最远，一种是离得最近却失败。因此，故事也会有两种走向，一种是一路失败，一种是一路成功，但无论哪一种，在接近高潮时，都要产生反转。”

“所以其实，臭屁男的故事，也可以是一路追查到真相，结果发现爱已来不及了？”文青拿了我的作业，“有个对自己办案能力很臭屁的警察，有天他接到一起命案，死者居然是他的初恋女友。他当年被她抛弃，花了很久时间才走出情伤，从此再也没交过女友。他虽然心里不情愿，但还是被迫要调查女友的死因。他在调查过程中，发现原来当年她得了绝症，为了不拖累他，才和他提出分手。他回想起过去种种相处，了解到其实女友是爱他的。这起命案之后，他解开了心结，开始愿意和女生来往。”

文青仿佛被老师附身，也开始上演魔术。

“还可以，”老师点点头，“这样算是有转折，他原本以为女友不爱他，后来发现女友爱他。你现在安排的内容，算是有一个剧情方向的规划，但还没有外部的具体情节，不过是一个好的开始。如果一开始不太想得到情节，确实可以利用这种方向规划来预先铺排。”

“但……但是……”我心中有点不是滋味，“他这样子没有绝望啊，而且内容太笼统了吧？种种相处是什么？死因到底是什么？全部都没有交代。”

“先有方向，才写得出内容，”老师居然开始替文青辩护，“没有人要求你一步到位。这也是为什么我一开始要提戏的内部外部的原因，因为内部确立了，外部安排什么，其实都只是差异不大的细节。很多人会很执着，命案一定要是火灾，或者一定要是坠楼，但其实只要能做出‘自杀？意外？’这个有聚焦的悬念，就能达到这个故事设计的初衷。不是说细节不重要，该写的还是要写，但无论是火灾版和坠楼版，其实是同一个故事。”

“我好像有点抓到诀窍了，”文青一脸得意，“原来编剧就是这么单纯的事啊。”

“你们少在那里一搭一唱！”一股无明火蹿起，我忍不住吼了起来。明明我这么努力也弄不懂的东西，不要讲得好像很简单一样。说什么漂亮话，说什么天分是无聊的事，这不摆明了天分决定了一切吗？反正我就是没有天分，反正我就是没有资格没有办法成为编剧！

“你不适合做这个。”父亲的话又在耳边响起，“你应该去找你更有天分的事情做。”

丢下面面相觑的两个人，我逃离了热炒店，逃离了我曾经一心向往的编剧课程。

谁也没有追上来，本来就是，谁也没有理由追上来。

因为我是被淘汰的人。

在这个才华决定一切的世界。

注　释

1　指思维跳脱，令人感到莫名其妙。——编者注

第四章

面对现实

酒類

我当然是后悔了，做出逃跑这么羞耻的事，又不是在演八点档。

但无论如何，都不可能继续了吧，编剧课程。

照老师的个性，就算去向他道歉，也不可能有什么转圜余地的。

其实也没有继续的必要，毕竟，都已经证明了自己的极限。

编剧什么的，本来就不是属于我的世界。

我早就知道了，像文青那样的人，看艺术片不会睡着的人，很快可以抓到重点的人，才是真正有才华有潜力的人。他永远可以弄懂我们这种凡人不明白的东西。他甚至能弄懂程序语言，他的大脑和我是不一样的，我们根本是不同的生物。

我整整一周都把自己关在房间里，借口生病了，连班也没有去上。

毕竟是做了很久的梦，一下子醒来，难以接受是正常的。只要难过个几天，很快就可以过去了。

但不管哭湿了几个枕头，不管看了几部搞笑电影，不管吃了多少桶冰激凌，心中那股不甘心的感觉始终都没有过去。

振作的唯一方法

星期天的晚上，原因不明地，我来到了热炒店。

我看到一个熟悉的背影，正在喝着麦仔茶。

但很快我就发现，我认错人了。

这不是理所当然的吗？我在期待什么？老师没道理再出现了。

一转头，他就出现在我面前，我发出惊叫声。

老师没说话，冷了我一眼，绕过我坐回他的位子，老板正好送上他点的蚵仔酥和五香花生。原来刚才找不到人，他是去了厕所。

我在他的对面坐下，他也没抬头，专心做着他的筷子运动。

“我修改了上周的作业，能请老师帮我看看吗？”我将作业递向老师，但老师没有反应，继续夹着他的花生，我的手僵在半空。

我举得手有点酸，只好将作业收回。我咬咬牙，硬是开口打破沉默：“对不起……上个星期，我不应该突然跑走的……我也不知道自己发什么疯，但就是突然很想逃走……原本我打算放弃的，但不知道为什么，我就是觉得不甘心，觉得放不下。我知道我已经被淘汰了，不应该浪费老师的时间，但是……”

“开始上课前，你答应过我什么？”

“不……不准缺席，不准迟到，不准不交作业，你说的要乖乖照做，不准有意见。”

“你犯过任何一条吗？”

“应该……没有……吧？”

“那为什么觉得你被淘汰了?”

“这……”所以意思是……我可以继续上课?

“这个世界不会淘汰人,”老师夹完了所有花生，终于抬头看我，“从来都是人自己淘汰自己。逃走不是问题，但逃走之后不愿意回来，让自己在自己的梦想上缺席，就是自己的问题。”

老师一如往常地面无表情，但不知为什么，我感觉热泪盈眶。

“给我吧。”老师接过了我的作业，“一个臭屁爱面子的男人，因为初恋前女友对他很差，觉得她不爱他了，向她提出分手。半年后，她坠楼死了。周遭的人都认为是他害死了前女友，他为了证明自己的清白，开始追查初恋的死因。他在调查的过程中，渐渐发现在他们交往过程中，前女友做的很多事，其实都是为了他，只是前女友的个性和他一样臭屁爱面子，所以说了很多反话。他越是了解到前女友对他的付出，越发现前女友真的可能是因为他提了分手，才想不开自杀的。他站在前女友自杀的高楼上，那是他们相互告白、开始交往的地方，他不禁生起了轻生念头，想和她一起死去。突然，大楼管理员喊住他，要他小心，围栏还没修好，容易发生意外，像之前有个女孩，就是因为围栏老旧摔了下去。原来前女友确实是死于意外，男人感到松了一口气，但失去的爱无法再回来了，男人后悔大哭。他事后得知，前女友的心脏捐给了一个女生，那个女生告诉他，她现在过得很幸福，男人感到很欣慰，希望她可以健健康康地活下去。”

虽然很羞耻，但我忍住没有打断老师，他接着念我另一个作业：“一个畅销电影编剧，和知名导演是一对演艺圈人人称羡的情侣档，但导演私底下其实是个恐怖情人，常常胁迫女主角做一些不堪的事。因为导演在演艺圈的影响力，女主角敢怒不敢言，活得非常痛苦，她决定自编自导自演一出戏来摆脱导演，但她无法信任演艺圈里的任何人，只好求助于她的家人。但她的家人是群废柴，不是台词记不牢，就是过度紧张或过度脱线，让计划一波三折，最终计划被导演看穿。导演发狂要对女主角不利，家人情急之下将导演推下楼，导演重伤送医，生命垂危。家人吓坏了，丢下主角逃亡，主角只好编故事，假装这是一场意外，自己是可怜的未亡人，守在昏迷的导演床边。她陷入进退两难的绝境，怪自己当初不该错信没用的家人，正当她犹豫该不该偷偷拔除导演的生命维持器，结束这场闹剧时，撞见家人偷偷潜入医院，打算和她执行一样的计划，他们是没用的人，但很高兴能够为主角做一点事。主角了解到家人对她的心意，深受感动，不愿家人替她牺牲。就在僵持不下的时候，导演突然醒了，他们惊慌失措，却发现导演因为脑伤性情大变，成了一个真正的好情人。”

念到最后，老师居然笑了，虽然只是“呵”的一声，分不清是被逗笑还是冷笑，但我第一次见到他笑，反而有点吓到。

“为什么想做这样的修改？我没有说过你这故事有问题。”老师指着畅销编剧的那个大纲。

“因为……问题和臭屁男的问题几乎一样啊，”我有点紧张，怕自己是不是做错了什么，“动机不够明确，不知为什么想逃，也不知道为什么想找家人帮忙。虽然结局有反转，但女主角好像什么都没做……老师会觉得导演的脑伤很糟吗？这个转变好像也不是女主角造成的，但我想不到其他解决方式，杀掉他好像也不太好……”

老师恢复一如往常的面瘫：“以喜剧来说，问题不大，搞笑的东西对荒谬的设计比较有包容性。故事的外部是逃离恐怖情人，但家庭喜剧的内部是在传达家人之间的问题、感情与牵绊，你最后处理了这件事，戏的内部完成了，所以导演的脑伤算是替这喜剧外部做个逻辑上的收尾，可以接受。”

“那……臭屁男的大纲呢？”

“为什么最后要捐心脏？”

“就觉得……虽然最后有一个反转，从他觉得是自己害的，到发现只是一场意外；他也从不了解女友，到了解女友对他的爱。但是如果就结束在他后悔大哭，好像还是少了什么……”我有点不知道怎么表达。

“女友还是不幸福？”

“对，感觉女友很可怜，明明是这么好一个人，却就这么意外死了，总觉得这件事对男主角来说，不是一种成长，反而变成心中的一个阴影。所以我希望女主角最后能幸福，对男主角来说，看到她幸福，才算获得了解脱。”

“虽然有一点突然，但比起结束在后悔大哭，有最后的安排感觉更好。我觉得这两个大纲都写得不错。”

“真……真的吗？”

“愿意做，还是做得到的。”

我没有被淘汰。我真的……没有被淘汰。

眼泪开始流个不停，我没办法要它听话。老师只是静静地喝着他的麦仔茶，看我沉浸在喜悦的泪水中。

不知哭了多久，我情绪稍稍平复，终于有办法说话了。我口齿不清地自言自语：“所以我还是有才华的……”

“不，你没有。”

咦？

“我不是说了吗？不要执着在才华这种无聊的事上。才华只是显示你现在有多少能力，不代表未来你有多少能力。”

“你就夸我一下会怎么样啊！”我终于忍受不了这个不解风情的死木头。

老师似乎对我的反应有点错愕，想了一下才接话：“好吧。你有一种才华，叫愿意修改。你不会死抓着作品原来的样子，愿意去发现缺点，将作品修改成更好的版本。很多人都把作品称为自己的孩子，太珍惜写过的每一字每一句，所以修改的意愿很低，给了意见回馈，修改的幅度也很小，基本上，这作品是被宠坏的孩子。我觉得作品就是作品，哪怕重写，哪怕设定改变，该改的，就是要改。”

这人真的是很不懂怎么夸奖人啊，我白眼都要翻到后脑勺了。

“算了算了……”原本的好心情都被破坏了，“上课吧。”

角色小传

“经过这几次的练习，你应该发现了，要架构一个故事，角色的设定是很重要的。”老师仿佛什么事也没发生一样，自动进入了上课模式，“无论是他的‘想要’，他的能力或价值观，甚至是故事的主旨，几乎都是配合着主角的设定。一个情节的合理不合理，其实也是由主角决定的。常常我们看完一部戏，剧情都忘了，但记得角色给我们留下的鲜明印象。角色也是观众入戏的重要因素，所以我们今天要来谈谈角色小传。”

“角色小传？”

“一般在业内提到角色小传，指的通常是三百到五百字内的角色简介。但我们在创作时写的角色小传，通常是更庞大的东西，简单的理解，我们要写这个角色的生平。”

“是因为剧情需要吗？”

“不一定，角色小传有很多内容，其实不见得会放进剧本中。”

“写了不能用？那不等于做白工？”

“但是不写，我们常常会弄不清这个角色确切的模样。以你的大纲为例，这个臭屁男，是一个怎么样的人？”

“呃……不就是臭屁的人？”

“但臭屁有很多种样子，有的是对工作能力臭屁，有的是对身家背景臭屁，有的是对感情很有一套臭屁，而且也要分是真的有料所以臭屁，还是其实没料却很臭屁。有的人臭屁臭得讨人喜欢，有的人臭屁臭得让人反感，他是哪一种？”

“呃……呃……”太多屁了，我一时间昏头转向。

“而且就算是臭屁男，也不可能无时无刻不在臭屁吧？你安排他去查案，他难道可以一边打听消息一边臭屁？他会有礼貌，还是很无礼？是很严肃，还是很幽默？斯斯文文，还是像小流氓？他富有，还是其实没什么钱？”

“呃……呃……”我依然无法回答。

“你说不定连他几岁都不太确定。”

我不甘示弱：“应该和我差不多吧？”

“所以他二十五岁，初恋？”

“不…… 不行吗？”

“可以啊，只是会影响到他怎样臭屁比较合理，毕竟二十五岁才初恋，感觉是件会被朋友拿来开玩笑的事。”

“确实……那十五岁？”

“你看，你马上就动摇了。人物的状态不够具体明确，故事常常就会经不起考验。故事是角色人生中最重要的段落，这个段落可能发生在他二十岁，也可能发生在五十岁。如果发生在五十岁，那故事开始之前的，没有被观众看到、没有被编剧写进剧本里的前五十年，就是决定角色样貌的关键。”

“意思是说，角色小传有点像‘故事发生前的故事’，我应该把他这五十年发生了什么事，通通写出来？”早知道编剧不容易，但这实在太过挑战，“那如果这些东西都不会派上用场呢？”

“很多人都觉得，角色小传里的东西，有八成用不上，是正常的。”老师淡淡地喝着他的麦仔茶，“但我是实用主义者，所以我大多只挑派得上用场的东西写。我们在前两次的课程中，为了架构一个故事，已经替角色设定了一些东西：为了完成变化，角色历程要有角色的缺陷和需要；为了完成有冲突的剧情，角色要有想要完成的任务，想要的内在动机，适合与不适合任务的特点。我的角色小传，会着重在这些事情上。”

“只写和这些设定有关的部分？”

“对。光是‘臭屁’两个字，每个人脑中想到的样子都不一样。但如果我们可以知道他的具体行为，变得臭屁的原因，臭屁这个特质为他的生活带来的影响等，形象就会变得更具体。畅销编剧如果遇上这个恐怖情人，她当初为什么会和他谈恋爱？她真的爱他吗，还是只剩下恐惧？这都是需要想清楚的。所以我只会挑这些和故事有关的角色特质，把前因后果交代清楚。”

老师拿出一个窗体：“例如，这是我的角色小传。”（见表3）

“稍等一下，”我对老师拿出“自己”的角色小传这件事有点在意，“一般人会写自己的角色小传吗？”

“考虑到感情戏的部分已经过去，这本书偏轻小说和编剧书的定位，再加上准备范例的方便性，作者觉得这个时候运用一点后设手法是没有问题的。”[1]

居然摸鱼啊。

老师若无其事地解说起自己的角色小传：“基本设定的部分，指的是角色的姓名、性别、年龄、职业等，因为这部分没什么前因后果，所以后面都是无。但如果有一些特殊原因，你想写出来也可以。”

“一定只有这些项目吗？像外貌、身材这些东西，需要写吗？”

“你想写就写，没有对错。有些创作者会喜欢做一些细节的描述，例如‘瓜子脸，细细的眉毛，戴着细框的金边眼镜，总是露出鄙视的眼神，如果鼻子挺一点，应该会是个精致的帅哥，可惜却是个扁鼻’，这样的详尽描述在小说中更有效，但在剧本中意义很有限，因为无法找到百分之百符合你描述的演员，就算找到了，也不见得可以配合演出。”

“那为什么要参考形象？这不是反而更具体？”

“找个参考形象的好处有三个，一个是因为写剧本的时间很长，你不把角色形象想好，就常常会受到你生活中看到的其他作品影响，这会使你的角色变形；第二,一个具体的形象，其实会帮助你想到更多生活与行为上的细节，比起你面对一团空气思考更具体；第三是方便沟通，当你要和别人讨论剧本时，可以提供一个具体的形象给制片、导演，你们就可以针对这个形象讨论，不会在一些形容词上做没有意义的来回。”

“那我怎么决定这个形象？凭直觉和喜好吗？”

“原则上我们替角色设定的外貌，是根据角色的符号来决定的。”

“符号？标点符号的符号？”

“你的人设总是会问出笨问题，真的是难为你了。”啊，老师露出了鄙视的眼神，“但确实标点符号是种符号，句号有它的意义，逗号有它的意义，符号在我们生活中无所不在，我们中文字本身

表 3

		形成的原因	具体的表现	造成的影响
角色基本设定	高明，男，32岁，全职接案编剧。	无	无	无
性格	不苟言笑、冷静理性。	出身教师世家，受一板一眼的父母与教育影响。	像个机器人，面瘫，说话理性直接，重复枯燥机械化的生活作息。	人际关系不好，独居无女友，生活只有工作。
缺陷	对编剧产业失望。	曾经试图改变，但因过去事件受到创伤。	只写网大，不挑战心中真正觉得有品质的作品。	搬回屏东居住，逃离编剧圈。
任务动机	期待培养出好的编剧。	心中的理想与价值观。	每个月办免费讲座，愿意教课。	开始每周课程，与咏琪渐渐熟识。
适合特质	分析能力强，教学系统化，认为编剧是可以教的，与天分无关。	天生特质与个人学习过程。	教学方式，该说的就会说。	只要学生不放弃、肯配合，他就会教下去。
不适合特质	个性别扭，太实际，期待又怕受伤害。	心中其实希望证明自己是对的，但过去现实让他受伤，可是他还没完全放弃希望。	说话不带感情，对学生不特别抱期待，不体贴也不鼓励，与人保持距离，除了课程相关外，没有任何其他互动。	常造成学生的挫折感。
需要	希望的证明。	在故事中完成。	看到学生的表现与鼓舞。	状态改变。
参考形象	星野源。			

自我表达

出生在屏东的老师世家，独生子，从小就被严格要求成绩，我也确实可以达到要求，没有补习，尽量不造成家人的负担，作息规律、自律，亲友之间除了逢年过节的拜访，少有往来，我也因此习惯无事不登三宝殿的人际关系。

我依照父母的期待顺利考上台大资工系，后来因参加话剧社而对戏剧产生兴趣，修了许多戏剧系的课，读了很多相关理论，也做了不少自己的作品。我觉得我的理性思维对编剧很有帮助，也很适合当编剧，但不知道为什么走到哪里，大家都觉得编剧是一门靠天分的技术。

不知是幸或不幸，我父母在我当兵期间相继因病过世，留下了保险金与房子，也使我第一次可以自己考虑自己的人生。我退伍时，正好遇上优良电影剧本奖的颁奖典礼，我因为入围了奖项，在现场认识了一些制片与编剧朋友，决定开始编剧工作，想证明我自己的想法。

我在电视剧团队当了几年写手，后来开始参与一些电影制作，但案子都没有走到最后。后来在圈内发生了一些事情，我心灰意冷回到屏东老家，在朋友的牵线介绍下，开始接触网大，因工作效率好，作品品质不错，案子一件接一件。很讽刺地，我的收入居然比我待在台北时还高，但我没有什么生活开支，每天像上班族一样，慢跑、写八小时、看戏、读书、睡觉。一年过去，一转眼居然写了二十个剧本。

我觉得我的创作模式是可行的，编剧可以像工厂一样地生产质量稳定的剧本，对需求越来越大的产业带来影响，但这个产业的问题，从来都是人，我对人很失望，但又不想放弃。我上网查了一下，发现除了台北，几乎都没有编剧课程，而且除了电视台开设的招收写手的编剧班，也很少有私人授课的课程。

我索性自己在屏东办一个，借了便宜的里民中心，用讲座的方式讲解我的创作方式，就当作是回馈乡里吧。尽管没什么人来，来的也是一些纯粹有兴趣，甚至只是来打发时间的里民，我也无所谓。反正我不缺钱，我也不缺时间，我其实不太确定我为什么要每个月都办一场，或许，我心底还在期待什么。直到那一天，那个一身狼狈的女孩，出现在我面前。

也是种符号。角色在戏剧中，很多时候都是符号。我是一个老师，是一个理性的代表，是有经验者、世故的一方，你则代表迷思、初学者、有勇气不断尝试的一方，我们都是为了表现这个故事所必要的符号，就像龟兔赛跑，乌龟和兔子，分别是勤劳与天赋的符号。”

“所以符号化的建立，就是设定斯文、理智、不苟言笑这些特质，不管是谁来演，长什么样子，都可以符合这个角色要代表的概念。与其抓到极细节的长相，不如着重在概念的安排。”

“但这样不会变得很无聊吗？”我不禁抗议，“难道理智的人，就不能长得粗犷，或是说话幽默、善解人意吗？”

“当然可以，而且故意设定外貌和内在有矛盾，是一种常见的技巧。这个技巧在动漫作品中经常被运用，你会发现动漫作品中的角色，肌肉男大多是娘娘腔，看起来善良的人其实很腹黑，表面精明的人其实是天然呆。矛盾的角色会比平面的角色有意思。”

“平面？动漫角色本来就是平面的啊。”老师没接话，我把视线从笔记本上移到他脸上，居然又是那鄙视的眼神，“我说错什么了吗？”

“你没听过平面角色和立体角色？”

我摇头。

老师也摇头：“……我对于你渴望当编剧，却又从来不自己去找资料来学习这种行为感到匪夷所思。算了，反正这两个词很多人也搞不清楚。”

“是吧是吧，看书不如问老师。”我露出灿烂的甜笑，却换来恶毒的目光。我总觉得今天老师的情绪变多了，虽然都是负面情绪。

角色设计

“我们替角色设定的每一个特质，例如内向、懦弱、不擅打扮、沉迷游戏、不爱出门等都是一个点，如果所有‘点’都落在同一个刻板印象的‘面’上，例如‘宅男’，这个角色就叫作‘平面角色’。而一种对于角色的刻板印象，我们常称作角色面向。”

“所以刚才提到的有矛盾的角色，就是‘立体角色’？”

“是，也不是。”老师说了，等于没说，“如果只是在外显行为上的标新立异，虽然确实会变得有意思，但也仅只是有意思而已。他披着立体角色的皮，但内在仍然很单一，不管在什么情况下、面对什么人，他都是同一个面向，那他其实还是平面角色。真正引人入胜的立体角色，内在也会有不同的面向与矛盾。像我这样，一方面从事着编剧这种大家觉得充满想象力的工作，一方面却过着机器人般的生活；一方面对编剧环境失望，一方面又在教育别人进入编剧圈；一方面态度很冰冷，一方面在行为上又很热情，又请吃饭，又认真教学，又不收钱，这整体结合起来，便是一个耐人寻味的立体角色。事实上，立体角色是比较接近真实人类的角色，因为现实中的人，本来就是矛盾又复杂的。”

“自己说自己耐人寻味啊……”

“所以，我们先根据故事的主旨，抓出角色的符号。依着这个符号，去渐渐地把角色从一个符号打造成一个人。无论是透过基本设定、外貌、性格，还是缺陷、特质……如果完全一致，没有任何矛盾，就会显得呆板；如果有适度的矛盾，就会比较迷人。但要记得这些矛盾要合理，在情感上说得通，不然角色就会缺乏真实度和说服力。”

我看着老师的角色小传：“前面的部分我大概了解了，但后半部分形成原因、具体表现、造成影响、自我表达又是什么？”

“就是这项设定的前因后果。我们人身上会有某个特质，都是有原因的。就像你会想当编剧，一定有一个理由，有人会怕蛇，有人会没自信，有人会自大，都有各自的理由。而这个特质一旦形成，也会影响他与世界互动的方式。一个有自信的人，会比没自信的人更愿意去交朋友，取得更好的工作。具体表现指的是他个人实际的行为，造成影响指的是这些行为怎么进一步地改变了他的生活，形成了他的现况。这三格是一连串的因果，原因导致表现，表现导致影响。”

“看起来表现和影响都和我们的设定有关系，但是原因怎么安排？例如我要写一个杀人魔，表现是乱杀人，影响是警察想抓他。但我怎么会知道是什么原因让人变成杀人魔？”

“不知道就让自己变知道，不然就假装知道。”老师理直气壮。

“前半句我懂，就是去查数据找答案，但假装是什么意思？”

“就是靠想象。没有‘遇到了就一定会变杀人魔’的事件，很多人小时候都被父母打过，有的人会产生不好的性格，有的人不会，关键在于对这件事的诠释，他怎么找到一个合理的方式去理解他遭遇的事。我们只需要提供理由就好，这种事没有标准答案。”

我还是一脸苦恼，老师只好提供选项：“有一些简单的法则。第一个是传承，物以类聚，出生在什么家庭，和什么朋友聚在一起，就会变成什么人。像要建立我单调的作息与制式化的性格，所以找了老师这样的家族，因为老师的感觉符合这种形象。当然同样符合这种形象的，还有军人、公务人员、工厂作业员等，但因为我的角色符号有老师这一块，直接联结会比较理所当然。做设定时，保持简单会比较容易。所以要建立杀人魔的性格，可以让他出生在屠夫家中，或是杀手的家庭当中，使他觉得杀害生命这件事理所当然。不过传承有时会被反过来用，因为出生在什么事都讲规矩的家庭，反而产生了什么规矩都不爱遵守的个性。所谓物极必反，只要说得通，都可以安排。”

“第二个是归因，人遇到好事或坏事，都会找理由。一个人长得丑，又被欺负，或许别人欺负他的原因不是丑，但只要他这样觉得就可以。我们可以安排一些事件，让他去相信。归因的做法通常有两种，第一种是靠时间次数，他长时间被欺负，却找不到别的原因，这使他越来越相信原因就是丑；或是他每次去拜神，就会有好事发生，他越拜就会越相信。另一种是靠带来强烈情绪的重大事件，通常是和重要的他人有关的事，例如信任的人的背叛，亲人的评语，做了什么事导致爱人的死亡等，会很快地建立起某种价值。所以要建立杀人魔的性格，可以让他小时候经常破坏玩具以引起父母注意，所以渐渐养成破坏东西的习惯，因此小时候破坏娃娃，长大就破坏真人；也可以让他遭到严重背叛，这导致他的价值观扭曲，开始一再地杀人等。

“第三种是教育训练。他受过一些特殊的教育训练，这使他拥有了一些特定的价值观。这个杀人魔受过的特殊训练，使他觉得杀人是正常的事。这三种方式可以和你查的资料相结合，这样就不会千篇一律，好像每个杀人魔一定都有悲惨的童年。这样懂了吗？”

我一手奋力地抄笔记，一手比了个 OK 的手势。不知为什么，我开始渐渐知道怎么和老师相处了。他表面上看起来冷冰冰的，好像很强硬，但实际上只要你向他求救，他就会出手帮忙。

“最后就是自我表达，让角色用他的口吻，也就是以第一人称的方式，把前面你所设定的东西，做一个自我介绍，故事性的描述。一来算是做个总整理和总检查，看看有没有什么不顺或不合理的地方，二来也可以找一下这个角色的声音，决定他的说话方式。这部分有点像参考形象，先决定下来，它就不会随着创作时间拉长而跑掉。”

“但说话方式又要怎么决定呢？”

“这部分就是大哉问了，细节我等到要写剧本对话时再说明吧。”老师开始收拾东西，看来今天的课程差不多了，“原则是语气自然，写完自己念一下，听听看像不像你所设定的角色。对话这种东西不需要花哨，不失分就算得分。”

“今天听下来，角色的安排，似乎不像故事架构那么明确。”

“很多人认为编剧不能教，也是因为这样。因为对人的想象是随着个人生活经验的积累而形成的，笔下角色会烦恼的问题、想探讨的主题，其实也因人而异。到底设计什么样的细节来表现人物更好呢？这些需要生活历练的累积与思考，以及美感的培养。但这也是在机械化的故事架构下，故事仍然能够千变万化的原因。就像人生，每个人都是生老病死，却因为我们彼此的不同，可以发展出各种各样的人生。创造并且思考生命，这或许才是创作最有趣的部分。知道我为什么选在热炒店上课吗？”

这个问题，我想问很久了。

“因为我不喜欢故事的背景总是居酒屋、咖啡厅。我也不喜欢故事里的人物总是只有俊男美女。”老师用筷子指向我们的左边，“你看那桌，几个喝酒的大叔，有的黑，有的胖，但他们可能都是某某公司老板，有的卖佛具，有的卖茶叶。”

老师指向他后面，仿佛他背上长了眼睛：“后面那桌大学生，看起来是球队练完球来吃饭，看到那个女生看旁边男生的眼神了吗？这是大学生恋爱的日常。这明明是我们青春面貌的一部分，我们会进杂乱的夜市，会吃葱爆牛肉、白斩鸡、羊肉炉，我们生活中有热炒店老板、包肉粽的阿桑、煮四神汤的越南妈妈。但在我们的小说、戏剧作品中，他们却总是被视而不见。你看日剧、韩剧和美剧，几乎处处都可以看到他们文化的痕迹，别人的戏剧是建立在生活上，而我们的戏剧却建立在不明的幻想里。你学编剧，应该坐在热炒店里学，因为这才是现实，属于我们这块土地的现实。”

原本总是务实的老师，现在突然谈起了理想和情怀，让我有些惊讶，但我不讨厌这样的老师，反而觉得有些可爱。这样怀抱着热情的老师，为什么没有继续留在台北工作呢？他的小传里，写到他因为发生了一些事情，才心灰意冷地离开。所谓的一些事，指的会是什么？

当我想进一步追问时，光线突然变暗，一道阴影笼罩了餐桌。

“啊……才说现实，就出现了超现实的画面呢。”老师看着我身后阴影的来源，“这个天气穿袍子，不觉得热吗？”

我回过头，一眼认出了那是《星球大战》中绝地武士所穿的长袍，长袍披覆着一个巨熊般魁梧的身形。

不会吧……我心中升起不祥的预感，慢慢抬头看向巨熊的脸。

巨熊拔起背上的光剑，光剑发出“嗡——”的经典音效，散发蓝色荧光，架在老师的脖子上。

老师一脸淡定：“有什么事吗？你不会想说你是我爸爸吧？”

这个星球大战的梗，在这个时候显得特别荒谬。

因为，这头巨熊，真的是我爸。

注　释

1　后设，指故事里的角色“知道自己是故事里的角色，并且知道作者与读者的存在”。在后设作品中，我们会看见角色评论作者和故事，与作者或读者互动等等。这种手法本身不写实，因此常见于喜剧之中。

第五章

对 立

卖得出去才是重点

“不好意思啊老师，和你开了个玩笑，哈哈哈哈哈！”老爸背上背着两把光剑，坐在我的身旁。花莲的太阳将原本就肌肉壮硕的他晒得黝黑，配上绝地武士的长袍，像是什么星战版的台湾地区限量黑熊公仔。

“没什么，能见到传说中的光剑铸造师，是我的荣幸。”老师嘴里很客气，但脸上仍然维持面瘫，看来他无论面对谁都是这个状态。

这到底是什么啊？这种一触即发的气氛。

“他们说空心菜卖完了，换水莲可以吗？”

“为什么你也在这里啊……”我白了文青一眼。

“你爸回屏东找不到你，当然是联络我啊，毕竟他当初是把你交给我嘛……”

“就说了不要讲这种让人误会的话！”

“老师啊，不好意思让您费心了，”老爸摸着我的头，“我这女儿从小就是这样，想做什么，就一头热，想当初，她还想和我一样，当光剑铸造师呢。”

又开始了，老爸逢人就爱讲这事。他总是要从他被裁员灰心丧志说起，他在看了《星球大战》后重新燃起热情，开始研究光剑，找到了生命的意义。他打造的光剑比官方版本更亮，音效更逼真，手感更好也更耐久，很快就在玩家中打出知名度。他甚至在星战的 cosplay[1] 派对上认识了我妈。

或许是因为听太多次老爸因光剑重获新生的故事，也可能是光剑对小孩来说是一件太酷的玩具，我确实曾经有段时间想像老爸一样，当一名光剑铸造师。但我的数理成绩奇差，而且手工艺能力近乎零，在老爸的工作室里，我就是一个活动型毁灭武器。虽然高中硬逼自己选了理工组，却弄得自己差点毕不了业。我和文青，也是那个时候认识的。

大学在屏东浑浑噩噩了两年，我意识到，或许我没办法成为像父亲一样的铸造师，但我可以成为创造光剑——不，创造《星球大战》的人。想成为编剧的念头，大约便是在那个时候萌芽的。但我完全不知道怎么开始，就这样一直到了最近。

“但是她呀，没有天分的。大学时候就努力过了，完全不行的。”老爸大力拍着我的背，笑得很灿烂，“人生苦短，我一直都鼓励她去做她真正有天分的事。”

又来了。

表面上老爸老妈都是开明的父母，放任我尝试任何我想尝试的事。但每当我尝试了两三个月没什么起色，他们就会说：“你不适合做这个，你应该去找你更有天分的事情做。”

我多么希望他们能像别人的父母那样打我骂我，怪我没出息，不够用心不够努力。但他们总是笑笑说，你只是还没找到你有天分的事。

“我这次不一样了，你看我写的东西，老师也说我写得不错。”我将我写的大纲交给老爸，作为反击。

“是吗？”老爸笑着接过大纲，问老师，“这种程度，就可以成为编剧了？”

老师回答得很干脆：“当然是还远远不够。”

“我才刚开始学不到一个月，我已经在进步了……”

“安慰的话，谁都会说。”老爸阻止我插嘴，“老师啊，你如果为了温柔，不愿意当坏人的话，我会很困扰的。”

桌上的气氛，瞬间凝重起来。

“刘叔，你别开玩笑了，高老师是我见过最不温柔的人了，哈哈哈哈……”文青干笑，试着打圆场，但一点效果都没有。

“这孩子做事总是一头热，你不让她知道现实的残酷，她会过度乐观，搞不清楚状况。”老爸将大纲拍在老师面前，“这两个大纲，你打算出多少钱买？”

老师没有回答，只是盯着老爸。老爸笑着将脸逼近老师：“这个问题够实际吧？不管嘴里说得多漂亮，愿意花钱，才是真的。”

我想阻止老爸，但我其实也想听老师的答案。

“零元。”老师不动如山，“我一块钱也不会出。”

老爸愣住，接着大笑：“好！你这老师不错，一点也不客套！你听到了吧？这东西不值钱。”

“你为什么要这样？羞辱我很好玩吗？”我太生气了，气得浑身颤抖。

“我是为你好。”老爸笑意不改，“人家不是说吗，挥别错的，才能和对的相逢。”

“你……！”我轰地站起身，却被老师喝住。

“你给我坐下！”

这一吼不得了，整家店都安静了。所有的眼光都投向我们这桌，聚焦在虎背熊腰的父亲和站着的我身上。我进退两难，只好听话坐下。老爸也被老师吓到，不知做何反应，开始向其他桌的人道歉。

谁也没想到老师小小的身体，能发出这么惊人的声量。我们只好静静等待老师说话，而老师只是盯着我。

周遭渐渐恢复原有的嘈杂声，老师慢慢开口：“你又想像上次一样跑掉吗？遇到受不了的事情，就选择逃走，一个人躲着哭？然后再装作什么事都没有发生过，以为自己想清楚了，继续把日子过下去？”

“……你转过去，不准看我。”我指着文青。

“我?”文青莫名其妙，但在其他人的眼神压力下，乖乖捧着碗，背过身去。

烦死了，一个一个都烦死了。

干吗都要这样说话?到底是要逼我哭几次才甘心?

但我没有出声，只是静静地任眼泪流下，我没有办法控制它，但我努力地控制我的表情。这次不是委屈，不是软弱，而是一股怒火。

“不然我该怎么办?”我的声音听起来比我想象中更平静。

而这个活在异次元世界的机器人老师，居然开始上起课来。

“我之前说过，电影是一个商品，投资人花钱不是为了实现谁的梦想，而是为了赚钱。而一部电影能赚钱，是因为它有吸引观众进场的能力，并且可以给观众提供他们期待的体验。简单地说，一部作品，必须要有噱头、有卖点。”老师指着大纲，“这两个大纲，畅销编剧的这个，明显比臭屁男的有卖点。”

如果是平常，我一定开始做笔记，但我现在一点也不想听这些。

“一部作品的卖点可能来自不属于剧本的部分，例如导演或演员，这不属于我们讨论的部分。卖点通常来自几件事：第一是跟风话题，某个知名的真实事件改编，某个曾经被热议的话题（如网络霸凌、情绪勒索、借精生子、食安问题等），或某个票房很热的题材……要操作这种类型，时效性很重要，所以在网大、网剧中较常见，在院线操作就要小心重复性，如果刚好有人先做了相似的议题，投资可能就会出问题。

“第二是陌生的组合。陌生组合是一种常见的创意手法，具体有几种常见的操作。

“第一种是离水之鱼，将角色放进不适合他的情境。

- 《人在囧途》：有钱人的穷游返乡。
- 《律政俏佳人》：时尚教主读哈佛法学院。
- 《实习生》：有经验的老人在都是年轻人的公司当实习生。

“第二种是类型中的不常见角色。

- 《通灵少女》：宫庙仙姑的校园爱情故事。
- 《摔跤吧！爸爸》：以女生为主角的摔跤作品。
- 《神偷奶爸》：以怪盗为主角的英雄作品。
- 《宝贝老板》：以婴儿为主角的特工片。
- 《初恋这首情歌》：怪咖组乐团的爱情故事。

“第三种是类型的混搭。

- 《血肉之躯》：丧尸混搭爱情类型。
- 《来自星星的你》：爱情混搭悬疑类型。

- 《哈利·波特》：奇幻混搭校园类型。
- 《暮光之城》：奇幻混搭罗曼史类型。

“第三是复制经典创意，有些情节本身非常有趣，只要使用就会吸引观众，例如时间循环、穿越、灵魂交换、自相残杀的游戏等。操作这种卖点要留意特殊性和类型差异，例如同样是时间循环，《土拨鼠之日》是浪漫喜剧，《明日边缘》是战争片，《忌日快乐》是惊悚片，不能用一样的手法操作成一样的类型或内容，不然就会变复制品，而不是卖点。

“第四是特殊的世界观或想象。打破原来世界的规则，或直接建立一个新世界。

- 《飞屋环游记》：气球使房子飞起来。
- 《玩具总动员》：玩具其实有生命。
- 《猎杀星期一》：全球性的一胎化政策。
- 《时间规划局》：时间变成了金钱。
- 《人类清除计划》：一年当中有一天犯罪是合法的。

“并不是建立一个新世界就一定有卖点，这个新世界应该要能实现大家平常时的白日梦，或是对现实世界有某种呼应或讽刺。

“第五是不可能的任务。整个故事的主要剧情，就是实现某个看上去不知道该如何实现的任务，所有小虾米对抗大鲸鱼类的都属于这种类型，其他例如：

- 《釜山行》：在狭小的列车上躲避僵尸。
- 《电锯惊魂》：死或是比死更恐怖的二选一难题。
- 《我为钱狂》：三个平凡的女人要抢最高安保等级的美国联邦储备银行。

“第六是揭开神秘面纱。日常生活中有一些带着神秘色彩或不为人知的职业，这种揭秘式的作品本身也很有噱头。

- 《入殓师》：礼仪师的日常。
- 《惊天魔盗团》：神奇的魔术。
- 《在云端》：专门请人离职的工作。
- 《全民情敌》：教人如何把妞的工作。
- 《盗梦空间》：能进入梦境的工作。

“这六种之间可能会有混用的情况，重点不在区别你的创意是哪种类别，而是可以借由这六种分类，去构思有卖点的创意。臭屁男的大纲中，很明显不存在这些元素。女编剧的大纲，因为有娱乐圈这个神秘面纱，还有一群不入流的人设局陷害导演大魔头的不可能任务，所以看起来更有卖点。”

“那个……”文青举手，“我可以转回去了吗？”

“不行！”我脱口而出，语气中的凶狠似乎吓到其他人，他们讶异地看向我。

老师解说得很详细，我心中的怒火却烧得更旺盛。

我现在不想听这些，为什么你不明白呢？

“为什么只有我要转头？”文青连后脑都看起来很欠扁，“你该不会是暗恋我吧？”

“暗你个大头鬼！”我纯粹只是不想让文青有机会笑我哭的样子，反正老爸早就看惯我哭了，而老师刚才也看过了。

为什么明明就见过我的脆弱，还要对我这么坏呢？

你以为我想逃吗？如果你愿意说一些安慰我的话，愿意给我一些哪怕虚假的肯定，哪怕我再笨再傻，环境再差再恶劣，哪怕就连父亲都放弃我了……能不能够，不要在这时候教我该怎么做，我只希望你能告诉我，我可以做到……

为什么你不懂呢？写这么多剧本都写去哪了？

我虽然骂着文青，但眼神始终瞪着老师，没有移动。

老师却不为所动：“但光有卖点是不够的，很有噱头却执行得很差的作品，非常常见。很多制片都有点子，他们也以为自己能写，说是自己时间不够才没动笔，那都只是话术。点子是不值钱的，把点子执行到位的能力，才是编剧有价值的地方。”

“所以你才说这两个大纲不值得买?”老爸似乎因为老师将卖点条列的能力，开始对他产生更多兴趣。

“我没说这两个大纲不值得买。虽然数量极少，但制片还是会花钱买下他们有兴趣的创意，如果是接案的情况，在大纲阶段，甚至签约阶段就收钱，也不是奇怪的事。”老师想喝饮料，却发现罐里空了，“你问的是我‘会出多少钱买’，我又不是制片，为什么要花钱买别人的大纲呢?”

老爸失笑:“你把我弄糊涂了。所以你到底觉得我女儿有没有天分?”

老师叹了口气:“果然女儿不聪明，就不能对父亲期待太高。我直说吧，我还挺讨厌你这种人的。”

“嗯?”老爸发出了威吓式的低吟。

“只不过因为自己擅长一些事情，就口口声声把天分挂在嘴边，表面上好像是想鼓励别人适性发展，找到适合自己的道路，实际上不过是为了吹嘘自己高人一等，隐藏自己不懂怎么指导别人的事实，甚至否认别人的努力。”

在所有人都还来不及理解老师到底在说什么的时候，老师转头向我追击:“你则是我讨厌的另一种类型。明明才努力了一下下，就只想着要别人摸头称赞，受不了别人的任何一点否定，就因为别人不认同你，就自怨自艾并且放弃继续努力，摆出一副受害者的样子，好像一切都是命运对你不公、别人对你不好，而你只能接受。醒醒吧，别人‘有天分’或许是运气、是祝福，但自己‘没天分’绝对是活该，因为是你自己不肯努力到别人认同你为止。”

老师机关枪式地扫射完一轮，便自顾自地起身去饮料柜拿他的麦仔茶。我和老爸面面相觑，看着对方的表情，我们都笑了。

“那家伙是机器人吗？怎么骂人和教课的语气一模一样？”老爸笑得都咳嗽了。

“你才知道他有多怪……”我也开始分不清我的眼泪是气的还是笑的。

“我可以转回来了吗？”文青再次举手。

“不准！”我和老爸异口同声。

老师无视我们气氛的变化，回到座位上。我真是搞不懂这人的脑袋结构，虽然心底还是对于他不愿意给我鼓励感到不是滋味，但又开始感觉到，他其实用另一种角度在鼓励着我。他到底是真的不懂得怎么说话，还是只是不够坦率呢？

突然，老爸脸一板，双手交叉在胸前，挺起腰，比老师高出一个头不止，充满压迫感：“你不要太自以为是了。”

原本悄悄放松的气氛，又一下子紧绷起来，老爸转向我：“但我不想勉强你。是要继续在没天分的领域浪费时间，还是赶快转换跑道，去发掘自己真正擅长的东西，你自己决定吧。”

“我……”老爸从来没有这么严肃过，我全身紧绷，用眼神向老师求救，但他居然开始研究菜单。是准备要吃消夜吗这家伙……我一阵忸怩，最后终于下定决心：“我想我真的不擅长编剧。”

我感到喉咙干涩：“老师讲的东西，明明很清楚，但我常常要想很久。作业总是想破头，而且成果也不见得好。每次看戏都觉得编剧超强的，自己可能写一辈子也赶不上。但不知道为什么，越来越有一种喜欢的感觉，不只是像原来那种单纯的憧憬，是真的喜欢，想要尝试，想要多知道一点。只要能够跟着老师继续学下去，其他什么都不重要了。”

一口气说完，我觉得心情总算轻松了。反正人生最后会怎样，谁能知道呢？就算不擅长，只要喜欢，就值得不断努力下去吧？

抬起头，发现文青的脸就在眼前，我吓了一大跳。他一副赞叹的表情，打量着我，让我浑身不自在：“谁准你转过来的？你干吗啦？”

文青露出坏笑：“‘只要能够跟着老师……’，想不到，你们已经发展到这种程度啦？”

咦？

咦！

等等等等等等等！我不是那个意思啊！

我转头看向老爸，你那一脸女儿要出嫁的不舍表情是什么意思啊！我再转头看向老师，你平时不是处变不惊吗？现在那有点尴尬有点娇羞的表情是什么意思啊！

“你终于想通了，老师很开心，但你的心意，我恐怕没办法接受……”谁要你接话了？你接这话，人设确定没有崩坏吗？

“老师，那我女儿就交给你了……”这种让人误解的话已经出现第三遍啦！

“我是想学编剧！我指的是学编剧！”我赶紧澄清。

“我们都懂，我们都懂。”文青拍拍我的肩。你们懂个屁！

我明明感觉自己说了很感性的话，这明明是我人生中重要的转折点，为什么会变成这样啊啊啊啊……

仿佛是要庆祝什么一样，老爸又点了一桌菜，开始和老师聊许多电影的话题，他对于老师能够和他畅谈 DC 和漫威的剧情与世界观，感到不可思议。

“我以为你们编剧老师，是不屑看这些爽片的。”

“如果对于受欢迎的类型不感兴趣，又怎么能写出受欢迎的作品呢？这其实是很多编剧的问题。”

“同意！干！”老爸已经喝得醉醺醺了，“你确定不来一杯？”

“喝酒会变笨。”老师回答生活知识题，如同回答编剧问题，

"研究显示喝酒会阻断海马回的神经再生，影响情绪和记忆力。有一项三十年的追踪研究也证实了这件事，相较于几乎不喝酒的人，有喝酒习惯的人，哪怕喝得不多，海马回都有更明显的萎缩情况。"

"敬全世界最聪明的人。"干完杯，老爸站起身，伸手去拍老师的肩，"愿原力与你同在。走啦！"

老爸披风一甩，留了几千块在桌上，摇摇晃晃地走向店外。

"你不跟着回去？"老师见我纹风不动。

"谁知道他要去哪？"我早习惯了老爸这模样，"每次我开始热衷一些事，他就负责泼我冷水，搞得我心里都是阴影。"

"这是他在乎你的表现。"

"对啦，还大老远从花莲跑回来泼冷水，够尽力了。"

"你没有想过他为什么不支持你吗？"

"不就是觉得我没天分吗？"

"你确定？"老师拿出他的手机，看来课程要结束了。

"难道不是吗？他一直觉得我要像他做光剑那样，找到一件自己真正擅长的事，然后全心投入做一辈子。天知道，我会不会根本没有擅长的事？"虽然我说了大话，仿佛已经豁出去了，但其实心底还是隐隐担心自己做不来。万一我学到最后，花了很多时间，真的做不出成果呢？万一老爸说中了呢？我会不会只是一时冲动呢？毕竟，老师也是个天才啊……

老师没说话，只是将手机递给我。我接过手机，上面是一篇关于老爸的访谈：“这什么？”

“我之前觉得光剑铸造师这个工作很有趣，所以做了一些调查，这是你爸在一年多前接受的访问，你没看过吧？”

“没有……”仿佛逃避似的，我从很早之前就避免去看有关老爸的东西，反正一定也是像他平常吹嘘的一样，说他有多厉害，做的东西质量有多好。

但这篇采访中，老爸谈到他其实是从一团混乱开始的：没有人在做一样的东西，没有地方学，他也不知道该从何开始。身旁的人都不支持，各种冷嘲热讽、威胁利诱，就是希望他放弃研究“做玩具”。但他坚持下来了，省吃俭用，到处借钱，试错……他开玩笑说，他甚至有次饿到把自己做的光剑看成了香肠。

“我不懂……”我看着文章，上面说的仿佛是另一个人的故事，“如果老爸经历过这些，为什么还要这样对我？”

“正是因为他经历过这些，他才知道，光剑是他非完成不可的事。”老师露出一抹浅笑，“他等了一辈子，总算等到你今晚说的那些话。”

就算不擅长，就算没有天分，就算全世界都反对，但是无论如何都不想放弃的事……这才是老爸希望我找到的吗？

臭老爸、笨老爸、猪头老爸……努力受到肯定的泪水，愤怒不甘心的泪水，发现自己其实深深被爱的泪水，我今天真的哭太多次了。

“这便是故事主旨的揭露。”

“咦?”

角色布局

“高潮的设计，由主旨决定，而故事的铺陈，是为了使高潮有最大的效果，这一连串的关联，形成了故事的焦点。为了让观众看清楚故事的焦点和主旨，通常在故事中，便会利用对立的布局来给观众线索。”

“你……你现在又是在后设吗?”

“对啊，作者觉得这个地方正好适合切入这段教学。”

“一定要这样打断我的感动时刻吗？你们这些不解风情的家伙!”我真想拿桌上的盘子砸作者，但这是不可能的，因此我更加不爽。

“我们正好延续上一章的内容，把角色设计的另一个区块一并谈完，也就是角色布局的问题。”

“OK，OK……”我拿出笔记本，乖乖回到上课模式。

“我们前面一路谈了不少角色设计的课题，首先是主角与主旨之间的关系，主角本身是能够展现主旨的符号，在安排上要和主旨有关；再来是主角与故事之间的关系，主角要有适合故事任务的部分，也要有不适合故事任务的部分，前者是为了让主角能主动扮演解决故事任务的关键人物，后者是为了创造有力的冲突；我们也谈到了角色面向，平面角色和立体角色，用矛盾增加角色的魅力，以及用角色小传把所有的设定合理化、完整化，使角色更真实，并且能定型。”老师做了一个快速的总复习，“现在，我们要谈的是主角以外的角色设定，每个角色的布局，角色与角色之间的关系。以主角为中心，我们要考虑的是角色彼此之间的功能性和相对性。”

“功能性和相对性？”

“功能性指的是‘我为什么要安排这个角色’和‘这个角色对于故事而言，有什么作用’。在实务上，我们会习惯倾向以更少的角色完成整个故事，除非不得已，不会放入太多人物。角色少有两个好处：从故事面考虑会使结构显得精简、扎实；从制作面来考虑，演员数量少，预算会比较低。”

“所以功能重复的角色，就会删除？”

“是。我们有时会看到一部作品，有主角的妈妈，也有主角的老师，但他们其实功能完全重叠，都是为了给主角温暖，教主角一些重要的人生道理。在剧情许可的情况下，我们就会把这两个角色合并，把原本老师要教主角人生道理的这场戏移到家中，由妈妈来教，老师可能完全删除，或是变成纯粹的功能性角色。”

“功能性角色？”因为“功能性”这个词重复了，我有点混淆。

“就是类似说明病情的医生、交代事情经过的警察之类，纯粹是为了剧情逻辑和信息交代而存在的角色。这种角色常常连性格展现都没有，比平面角色更单薄。如果这种角色要发挥的功能，像刚才说的说明病情，可以让原本就有的角色来做，我们也会把功能性角色去除。”

“所以一般的戏剧角色的‘功能性’是指什么？”

“要看剧情需要，不一定。但有几种功能是比较常见的，例如反派。”

“坏蛋吗？”

“反派不是坏蛋，反派是主角追求‘想要’过程中的阻碍，不能混为一谈。”

“为什么？阻碍不就是坏蛋？”

“以你的状况来说，你的父亲是你成为编剧的阻碍，但他是坏蛋吗？”

“不是。虽然长得很像。”我明白老师的意思了，给故事带来阻碍的人是故事中的反派，但这个反派也可能是个好人，不见得是坏人。但我随即产生另一个疑问："可是，我要成为编剧的阻碍不只是我爸啊，我自己的自卑不也是阻碍吗？所以我也是反派？"

"你说的是冲突的不同层次。"

"冲突的……层次？"我记得冲突是"想要"加阻碍，但不记得冲突有什么层次。

"依照阻碍的来源不同，冲突主要分成四个层次。个人层次，阻碍来自自己，可能是能力不足、没有自信、错误的信念等；人际层次，阻碍来自其他人，这个层次比较复杂，依人际关系的不同，分成四个较小的层次，爱情、亲情、友情、工作；社会层次，阻碍来自社会体制、价值观、歧视偏见等；自然层次，阻碍来自人以外的部分，例如寿命、疾病、天灾、猛兽、灵异现象等。"

"为什么要区分不同的冲突层次？"我知道老师是分类狂，但我也知道他分类一定有理由。

"因为一部电影通常需要至少三个层次的冲突，才不会显得单薄。电影中反复出现同一个层次的冲突，会带来重复感，主角又和妈妈有冲突，又和爸爸有冲突，又和儿女有冲突，这样的故事不好看。在电视剧中，这个概念限于一集之内，一集之内会有至少三个层次的冲突，会比较丰富。"

"原来故事单薄是这个意思，我一直以为是故事篇幅的长短，原来是层次差别。但这几个冲突都和人有关，所以这些人都是反派？”

“我们当然也可能安排主角与伙伴之间意见不合，发生冲突，这里讨论反派采取的角度是以整个故事为范围。通常每个层次的冲突，都会形成一条故事线，每个故事会有自己的主线，还有其他层次的支线。我们会在每条线上安排各自的反派角色，阶段性的阻碍，就是我们俗称的小反派，而跨越后冲突就会解除，迎来结局的，就是俗称的大反派。我们需要提供一个明确的目标，来让观众知道主角到底是顺利还是不顺利，大多数时候，这个目标便是打倒反派。”

“有其他的目标吗？”

“当然有，例如到达指定地点、得到指定的分数、取得指定的物品等，你会发现都是很具体明确的东西。像‘变成熟’‘不再迷惘’就是不具体的目标，如果你的故事结局是这种，就必须把它转换成具体的目标，例如以‘取得某份工作’‘得到某人认同’来代表‘变成熟’。不过这些目标其实通常也会搭配‘打倒反派’来实现，例如目标是‘取得工作’，我们会安排一个工作的竞争对象，透过打败他来取得工作，因为反派本来就是达成目标的阻碍。”

“但阻碍不一定要是人，对吧？”

“当然，但以人当阻碍比较常见。因为人与人之间可以对戏，会比较好看，也比较容易表演，所以你会发现，尽管是灾难片也会安排反派，才不会从头到尾都只是在躲避某种天灾，显得无趣。尤其是社会层次的冲突要特别留意，我们无法真的与价值观、体制冲突，我们只能对抗代表人。所以角色要与学校制度冲突，不是真的对抗学校的建筑物，而是对抗校长或主任，将他推翻，就代表胜利。有时代表人会和其他层次的冲突混合，例如种族歧视，这种歧视的代表人会同时是朋友或亲人。”

“这样在算一部戏的至少三种时，该算两种还是一种？”

“混合算一种。如果发生在两个角色身上，算两种。例如这故事主线在讲主角的个人成长和爱情，支线是配角的爱情，虽然主角和配角都有爱情的冲突层次，但这样总共也算有三种。重点是‘重复会有重复感，所以要三种以上’，因此角色不同，自然就不算重复。”

我回头检查我写的大纲：“所以像臭屁男的大纲，只有个人和爱情，就会显得单薄。而畅销编剧的大纲，有个人、亲情和爱情，就比较丰富？”

“对，我之前写的女教授，有个人、友情（农民）、社会（官兵），也有三个层次。越单薄的故事，长度就应该越短，所以臭屁男的故事还不足以作为电影故事。如果想补足，就需要支线，要多布局除了他与初恋之间、除了爱情以外的故事线，例如他与初恋家人，或是与初恋的现任男友的故事线。发现我为什么在谈角色时会谈层次问题了吗？因为这些都和角色布局有关，家人与现任男友，可以是故事中的功能性角色，也可以成为支线中的主要角色。”

“反过来说，如果希望故事篇幅短一点，其实就应该减少冲突的层次，去除掉多的角色和故事线。”我越来越能掌握老师这种科学式的编剧方法了，感觉一切都在加法与减法之间。

“差不多是这种感觉，这就是为什么有经验的人光看大纲就能判断故事的规模，他们不见得是真的去计算冲突层次，但他们能依直觉感觉到差异。”

我看着笔记，试着消化刚才的内容：“主角追求目标、遇上阻碍、试着解决的过程就会形成故事线。不同层次的阻碍，因为必须分开解决，所以会形成不同的故事线，而与主旨最直接有关系、戏份最多的，就是主线，其他就算支线，这样理解没错吧？”

老师点点头：“配合我们之前提过的，要让戏剧张力提升，就要放大‘想要’和阻碍。反派就是阻碍，反派越强，阻碍越大。这也是为什么业内常说，决定故事精彩程度的不是主角，而是反派。反派越强，故事越精彩。”

“可是‘想要’是主角的啊。”

“这是另一种角色，叫理由。主角之所以没有逃走，非与强大的反派对抗不可，是因为有这个‘理由’。”

角色功能的布局

“你是说，像是为了救公主、救儿子、救妈妈吗？”

“是的，公主、儿子、妈妈，就是这种有‘理由’功能的角色。另一种理由是追求的目标，像主角暗恋的男生。理由在大多数的情况下，都是平面角色。”

“为什么？这角色不是很重要吗？”

“因为‘想要’要做得简单易懂，‘理由’有太多面向，反而会让观众疑惑。以暗恋的男生为例，这个男生最好就是典型的白马王子，个性好、长相好、经济条件好，如果他是个奋斗青年，那就会是典型的奋斗青年，吃苦耐劳、上进心强。如果是可怜病倒的妈妈，就会是典型的可怜妈妈。我们不需要花额外的戏份去塑造这角色的不同面向，反而应该加强作为主角‘理由’的那个面向。”

“和反派一样，理由是人比较好对不对？因为可以对戏。”

“是，而且为了别人而努力，比为自己努力，给观众的感觉更好。所以就算他的理由可能是保住饭碗，要加强这件事，我们通常会安排一个角色，例如长期就医的女儿，来使他保住饭碗的理由更强烈。主角追求一个目标，目标本身是‘理由’，阻碍是‘反派’，而帮助主角达成目标的，就是‘伙伴’。与反派概念相同，伙伴不见得要是好人，哪怕他是变态杀人魔，只要是帮助主角达成目标的，都算伙伴。伙伴的重点是有特色，帮得上忙。”

“……怎么觉得是废话。”

“确实是废话，但常被忽略。很多人在设计伙伴时，都会安排得很重复，好像 A 伙伴和 B 伙伴和 C 伙伴都是同一个人，都有正义感，都很喜欢主角，都很聪明，都很厉害……如前面所说，重复的角色就应该被删除。所以伙伴必须不重复，要替他们安排彼此不重复的特性，并且让他们做得到一些只有他们才能做到的事，才会使他们有存在感。以《哈利·波特》为例，哈利、罗恩、赫敏三人就各自不重复，哈利和罗恩是男，赫敏是女；哈利和赫敏有钱，罗恩穷；哈利是孤儿，罗恩来自大家族，赫敏是独生女；哈利运动出色，赫敏功课好，罗恩什么都不会；哈利冲动，罗恩懦弱，赫敏冷静……发现了吗？他们彼此之间在各个面向上都不重复。”

“就好像一个战队，每个人都应该有自己的特色和功能。”

“接下来讲的一些角色，不见得每个故事都有，但很常见，它们也常和上面三种角色混合。首先是导师，也就是负责解说、教学，告诉主角如何达成‘想要’甚至‘需要’的角色。导师的功能，除了解说，很多时候是用来‘死’。”

“咦？”我以为我听错了，“你说死掉的死？”

“对。很多故事中导师都会死，比较知名的像邓布利多这类的典型导师，或是在故事中担任解说功能的那个伙伴，你会发现他们都很常在故事绝望的阶段牺牲。”

“你这么一说……”我想起《出租车司机》里的大学生，“为什么会这样？”

“因为死亡是一种在故事中创造绝望的方便手法，但如果死的人不够重要，效果就不好。而死的人太重要，例如男女主角，又会使故事结局有缺陷，不够圆满，这时戏份够多、够重要、够使观众有感觉的……”

“就是导师。”我不禁感慨，当老师真辛苦。

“另一种常见的角色，叫倒戈者，也就是变换阵营的人，伙伴变反派，或反派变伙伴，很多故事后期的大反转都是利用这种角色。‘倒戈者’的设计，有两个重点，第一个是要够重要，所以通常会是主角最亲近的那个伙伴或导师，坏人那方如果要变伙伴，因为不能是大反派（一倒戈故事就结束了），所以通常是大反派的左右手，而且在故事前期扮演最主要的反派。”

“《星球大战》里的黑武士？”因为老爸的关系，我马上就直觉想到它。

“第二个重点，是不要有预兆。这是说故事顺序的问题，‘倒戈者’的存在，是为了创造惊讶。很多人为了观众接受度，会事先破梗或铺陈，结果就使惊讶程度大减。正确的顺序，是先倒戈，让惊讶发生，再回头去说明倒戈的原因，效果才会最好。”

“但如果是主角最亲近的人或导师，为什么会无缘无故倒戈呢？如果不事先铺陈，会不会这个补充就变得很困难？”

“这确实考验到故事设计的功力。有一个最简单的技巧，就是不可分割的战果。”老师看我一脸困惑，继续解说，“这就好像公司在草创期，创业伙伴可以有革命情感，生死与共，谁当头都没问题。等到创业成功，头只有一个，这时大家就开始撕破脸了。很多后宫故事也是这样，例如《甄嬛传》，安常在原本是甄嬛的好姐妹，当两人都受宠妃欺负时，可以患难与共，但安常在后来背叛了，因为皇帝是不可分割的战果，安常在希望皇帝爱她，但皇帝偏偏爱的是甄嬛。利用这样的设计，故事前期她们越是目标一致，后期的背叛反而变得越合理。”

“人心真是深奥啊……”

“学习从每个人的‘想要’去看到整体的利害关系，其实在生活中就可以明白很多事情。最后一种角色功能的类型，是所谓的伏笔，伏笔比较常见的情况是道具，但有时也会是角色，就顺便谈一下伏笔的安排。”

有种要揭开大秘密的感觉，我调整了一下坐姿，蓄势待发。

伏笔的设计

“首先，伏笔虽然放在故事前面，但很多时候，它可能是最后才写进剧本里的。”

“咦？”我不太明白老师在说什么，什么叫在故事的前面，却是最后才写？

“很多人都觉得编剧很厉害、很聪明，但其实编剧真正比观众更厉害的原因，是因为我们可以修改剧本。剧本不是写出来的，而是改出来的。”

虽然老师好像说了什么惊人的事，但我完全听不懂。

“剧本不是写出来的？”我重复。

“剧本是改出来的。”老师重复。

“有什么差别？”

“很多创作者都抱着一个迷思，以为‘会写故事的人’一定都下笔如神，写出来的东西都很出色。回过头看自己写的东西，相较之下简直惨不忍睹，就觉得自己没用、没有能力、没才华，但这都是天大的误解。”

“不然呢？这不是很正常的事吗？”

“海明威曾说：‘初稿都是垃圾。’身为诺贝尔文学奖得主，二十世纪最知名的作家，他应该算是能力最强的创作者之一了，但尽管是他，也无法下笔如神，也和我们一样，每次创作，都必须经历惨不忍睹的初稿，它经过一再的修改，才变成最终出色的作品。剧本是不断修改的成果。”

“那……需要改多少次呢？”

“不知道。很多人以为一个电影剧本就是三万多字，好像很轻松就可以写完。但事实上，为了完成这三万多字，整个过程包含企划、大纲、角色小传、分场到最后剧本初稿、二稿、三稿……实际上写过的字数，可能是五到十倍，甚至二十倍。你看过的每一部电视剧、电影，都可能是第十版甚至第十五版剧本，是被要求、要求再要求之后的成果。虽然有时修改是因为现实因素或错误的决定，但这无法改变修改是为了更好这个本质。很多新手编剧都不喜欢改剧本，但这也是他们的作品一直不够好的原因。”

剧本是改出来的。任何人的初稿都只是粗糙的过程。我想起老爸打造光剑的过程，尽管他已经打造过上百把光剑，但每次要做一把新的光剑时，他都必须反复研制、调校，才能达到最佳效果。而这后续修正的过程，远比他把雏形完成花的时间更久。

老师仿佛有读心术，也谈起老爸：“任何挑战过出色作品的人，都明白这个过程，而这个过程，是最无趣，最讲究，最需要耐心、毅力与热情的部分。你父亲真正希望你拥有的不是天赋，而是坚持下去的心。”

为了避免眼泪再掉出来，我赶紧继续课程的话题：“所以，伏笔和修改剧本有什么关系？”

“在过去神学的时代，很多戏剧都在彰显宗教的力量，所以在主角最终的绝望高潮时刻，编剧提供的解决之道，就是让神明显灵，化解一切难题。这种手法被称为机械神[2]或天神解决法，后来便被延伸，代表没有任何铺陈的意外反转。例如一个人在整部戏中都为贫穷所苦，但在他最绝望的时刻，突然中了一张乐透，解决了所有问题，这就是机械神。”

我想起小时候看过的中国民间故事，总是有妈祖或观世音出来感念善男信女的善行功德。

“但反过来说，如果在机械神前面，加上合理的铺陈，就会被认为是出色的伏笔。所以透过修改剧本，编剧可以打造出各种不可思议，仿佛超高智商的人才能想得出来的剧情，但实际上，这是充分研究和反复修改的成果。”

“好作弊的感觉。”我不禁失笑。

“合法的作弊，就被称为技巧，放着技巧不用，叫傻子。我们编剧与观众的较量，永远不会停止。在过去的作品中，英雄穿梭在枪林弹雨中，绝对不会中弹，观众知道了这种惯例，无论你安排再多人拿枪包围主角，观众都不会替主角担心。编剧便会利用这种惯例，让主角真的中弹倒地，使观众意外，再利用主角胸口的护身符来拯救主角，创造反转。但当这种设计被观众看过，观众便会成长进化，于是编剧又必须再领先观众一步，去挑战其他的惯例，创造下一个意外。我们在编剧中常遇到的困境，便是当我们做出这一步时，主角真的完蛋了，救不回来了，于是我们只好退缩，但结果又变成剧情缺乏意外。”

“所以你就先创造机械神，用牵强硬拗的方式来完成反转，再回头修改剧本，留下伏笔？”这个人居然作弊作得如此心安理得。

“观众永远不知道，也根本不在乎你是怎么创造出惊喜的。不要老是想着正面对决，那代表你只在乎你自己。当你愿意为观众、为作品负责时，你只会在乎作品最后的成果，而不是中间的过程。”老师的辩解倒是理直气壮，“但我们回头修改铺陈时，该如何安排，才藏得巧妙，不会露馅？有两个重点。”

“第一是位置。伏笔要离实际派上用场的位置够远，观众才有时间忘记它。可以放心的是，任何出现在画面中的东西，观众几乎都会有印象，就算没有印象，也可以透过适度的回顾画面来勾起印象，所以伏笔的理想位置是越早越好，通常都在第一幕。”

“第二是方式。有种伏笔的藏法比较糟，是隐瞒。故意不把事情说清楚，让观众搞不清楚状况，到后面才说明白，这种手法无法引起悬念，反而容易让观众产生困扰，失去耐心。比较理想的伏笔安排，是误导。我们不但没有把重要信息藏起来，反而大胆地露给观众看，但同时配合着误导的信息，让观众以为这个东西是有别的功能。”

“隐瞒我懂，我每次看到那种故弄玄虚不把事情说清楚的段落，就很想快转。”我附和，“但误导有点玄，不太知道实际该怎么做。”

“最常见的误导手法有四种，配合主戏、错误氛围、事后延伸和做成象征。配合主戏不把伏笔单独交代，而是与主戏合并在一起趁机交代，例如《摔跤吧！爸爸》，最后结局中女儿必须靠自己努力地回忆画面，而要回忆的内容就是被放在开头父亲对女儿一连串的严格训练中，观众只会看到‘训练’这个主戏，不会想到后面还会派上用场。有些‘装没事’的伏笔埋法，例如在告别戏中，两个角色拥抱，但其实其中一人偷偷放了窃听器在另一人身上，也是属于配合主戏的概念；错误氛围是指让好事看起来像坏事，开心的事看起来像可怕的事，例如角色是要给主角生日惊喜，却故意事先让观众看到他和主角暗恋的对象举止亲密地在说悄悄话，这就是一种刻意安排的误导；事后延伸是隐瞒的正确用法，我们先让场景看起来是主角输了，事后才延伸这个场景，告诉我们原来当时的场景没被交代到的部分，而这个部分使整个场景的意义颠倒过来，主角那时其实赢了（等于是利用隐瞒来达到误导的效果）；做成象征的意思是，把关键的反转道具，利用象征手法，让观众忽略它可能产生的功能。”

象征的设计

“什么是象征？”太高级的字我一概不明白。

“戏剧中最重要的东西常常是看不见的，亲情看不见、友情看不见、青春看不见、残酷看不见……为了让这个看不见的东西可以被看见，甚至被表演，戏剧中常使用象征的手法。例如，我们要表现主角后悔他把青春都浪费在读书上，你会怎么做？”

“呃……让他和父母吵架，怪小时候他们都只会逼他念书？”

“这是很常见的方式，让主角‘说’。但‘说’有三个坏处，第一是很花时间，第二是画面不好看、缺乏表演，第三是太直接，观众不容易感动。”

老师讲了三个理由，但我都不太理解。

“我用实际的例子让你比较，你可能比较能懂差别。我会安排主角把挂满房间的奖状拿下来，把相框一一砸碎，然后将里面的奖状一一撕毁，甚至烧掉。他盯着燃烧的奖状，默默地流泪。”

老师一边说，我的脑子一边浮现画面。确实，相较之下，与父母吵架更花时间，画面也比较单调无聊，而且情绪好像反而还比较弱。

“相较于直接告知的内容，自己想到的内容会有更强的情绪力道。这个概念非常重要，也是为什么有‘潜台词’的对白和表演比没有的更好，这部分我们之后有机会讲对白和动作设计时再解释。用‘说’的来表现主角有多后悔，比不上主角用‘演’的所传达的力道。利用象征，就能把说的内容转变成演的，在这个例子中，奖状就是青春时期只会读书的象征。”

“奖状是青春时期……”我把这个象征抄下来。

“象征和符号不一样，不是这样一个对一个。”老师阻止我，“符号的意义是广泛性的，你也可以说是规定的或约定俗成的，例如数学符号加减乘除或化学符号。有时生活中普遍的经验，也会形成符号的意义，像十字架代表宗教，菜刀代表厨师或屠夫，枪代表暴力等。符号本身的意义，通常是可以跨文本，也就是跨作品的，但象征是在作品中被建立出来的。举个例子，我原本成绩很差，老师派了一个成绩很好的女生教我功课，在她的帮助下，我第一次考到前三名，拿到了奖状。我也因为日久生情，喜欢上这个女生，但在那之后，她就移民去国外了。看着那张挂在墙上的奖状，我常常想起她。请问，在这个例子中，如果我把奖状取下来烧掉，还代表我后悔青春只会读书吗？”

“不是……应该是女生背叛了他、惹他生气之类的。”

“对，奖状变成了女生，或是他对女生的情感、回忆的象征。建立象征，其实就是安排产生联想、给予意义的戏份，任何东西都可以做成象征，物品、动作甚至地点都可以，只要是能可视化的东西，几乎都能做成象征。符号有点像生活经验形成的象征，但因为每个人的生活都有类似的经验和理解，所以符号可以跨作品，但不同的东西在不同的作品中，可能象征着不一样的意义。当然，符号也可以拿来做象征，就可以省去建立的戏份，例如父亲送我的东西是父亲的象征，但如果他送的是菜刀，父亲又刚好是厨师，这东西就同时有父亲、家业的象征。简单区分，符号、意象是利用观众现实的生活经验来丰富作品，象征则是在作品内部利用情节安排来增加、改变物品的意义。”

“所以做成象征，就是利用象征手法包装伏笔，让观众误解它的功能？”

“就是这个概念。观众对于画面中出现的东西都很敏感，只要看到有东西出现，就会觉得它有功能。象征手法就是使观众误以为这个道具的功能就是象征，借此隐藏它真正的功能。《肖申克的救赎》电影中的美女海报，就体现了这样的手法，在整部影片的进行中，美女海报被做成两个主角之间友情的象征，一直大剌剌地放在观众面前，一再出现，直到最后我们才惊觉那个海报真正的功能，电影因此创造出了惊人的反转。相同的概念，如果我们回头修改刚才穷人中乐透的机械神，假设这个故事的主旨与父爱有关，那我们就在前面给主角放上一个表面糟糕、实际上很爱他的父亲，明明家里都没钱了，他还整天做着乐透的发财梦。父亲过世后，讽刺地只留下一张乐透，什么都没留下。主角嗤之以鼻，将它撕毁，丢进垃圾桶中，然后开始了他在故事中的冒险。”

“天哪，是伏笔，原来这么简单。”在这个示例中，我算是了解了什么叫先硬做出机械神，再回头修改出伏笔。

“那是因为故事很模糊，所以觉得概念很简单。编剧的技巧很多时候说来都简单，但实际执行上，因为要配合故事的逻辑、角色设定、主旨等，要找到正确的细节，还是会有挑战。熟练的创作者还是会为了故事而苦恼，只是他们有比较多的观念、技巧、经验，知道解决问题的方向，我们的学习，就是为了补足和熟练者之间的差距。以上大约就是角色功能性的部分，我们接下来谈谈相对性。”

我愣了一下，意会过来，对耶，我们本来是在讲角色布局的，结果讲了伏笔讲了象征讲了超多东西的……真多亏老师还记得我们在讲什么。我同时也意识到，之所以会延伸讲这么多东西，或许就是因为这些事情彼此环环相扣，并没有办法完全清楚地切割。

我看了一下表，时间已经接近十二点了，文青在旁边呼呼大睡，今天的课因为父亲的出现，意外地漫长。

虽然我只是瞄了一眼，老师还是注意到我的动作：“要休息了吗？”

我摇头，虽然时间晚了，热炒店热闹依旧，我一点也不困，反而有种暖暖的幸福感，有什么一直以来隐隐罩着我的东西，正渐渐地散去。“继续吧。”

主旨揭露的布局

老师又点了一些炸物、肥肠和鱼蛋色拉当消夜，然后回到了课程：“从传递主旨的角度来看，戏剧其实是一个说服的过程。借由让主角扮演正确的答案，不断向错误的答案发起挑战，最终获得胜利，来证明主旨是正确的。所以戏剧在很多时候，都是二元对立的：正义与邪恶，理性与感性，智慧与暴力，阶级与平等……这便是相对性。当我们要定义一件事时，同时展现正反两面，是最明确的做法，而我们的角色布局，便是参考这个相对性来进行。”

“就像爱情与面包？”

“对。爱情故事所谈的爱情主题，都会与某个爱情的反面有关，现实、年龄、种族、阶级等。透过爱来超越这些反面，来表现爱的伟大与正确性。如果更深入一点，可能谈的会是‘爱是什么’，那相对的可能会是付出与接受，热情与了解，改变与包容等。与冲突层次一样，一部片中的相对性越丰富，故事就越厚实，相对性越少，就显得越单薄。在一部电影长片中，通常都会有至少两组相对性的存在。”

“两组……但是像爱情与面包这样的主题，另一个相对性在哪？”我觉得有点复杂。

“富有与贫穷就是常见的另一组相对性。”老师拿了一张纸，画了一个表格，“女主角穷，一心想嫁豪门，最后发现爱情才是重要的；代表爱情的男主角也穷，而且也相信面包重要，所以虽然喜欢女主角，却愿意帮助女主角追求面包；而代表面包的男二有钱，却相信爱情，因此当他发现女主角其实真正爱的是男主角时，他愿意相让，甚至劝女主角回头去追回男主角，这是很典型的故事与布局。

表 4

	相信爱情	相信面包
贫穷	（女二）	男主角、女主角
富有	男二、（女二）	（女二）

“在这布局当中，女二可能落在不同的位置，可能一样是穷人，但相信爱情，她暗恋男主角，但因为知道男主角喜欢女主角，所以默默支持他；也可能是有钱人，相信爱情，喜欢男主角，因此乐于帮忙女主角和男二在一起，好斩断男主角对女主角的感情，他们可以真的在一起，但女二发现男主角不快乐，于是最后愿意放男主角自由，促成他与女主角在一起；她也可能是个相信面包的有钱人，觉得女主角配不上男二，百般阻挠，自己却喜欢上男二，自打嘴巴，不肯承认。这些都只是可能性，但你看，光是更动角色布局，是不是故事就变得不同了？”

“而且好像布局和剧情可以有不同的可能性。我刚才看到女二相信面包时，直觉她应该会喜欢有钱的男二，但好像就比较老套一点。”

“这个倒是没有好坏，还是要回到故事本身来检查。角色布局只是为了让我们更清楚地传达主旨，不会偏题。最后我们就透过主角的结局来表现主旨：相信爱情的，最后获得了幸福；相信面包的，最后没有好结果，或转为相信爱情了。观众便会从中读到‘爱情真伟大’‘相信爱情才是真理’的主旨。”

“但刚才的例子中，相信爱情的男二或女二，没有得到幸福啊。”

“一般来说，最重要的是主角，其他角色则会因为编剧的不同考虑和喜好来安排，有些编剧喜欢百分之百符合主旨，有些编剧反而刻意不要做成百分之百符合主旨，以免显得太明显太刻意。我以《王牌特工》这部片为例，这部片的经典台词是‘品格成就一个人（Manners Maketh Man）’，这是故事的主要意旨，但光有台词不够，我们可以从角色布局和剧情中，找到佐证。

“其他角色没有特别对这些相对性做表态，你会发现相信出身的权贵们，都没有好下场，而相信品格的人，都是主角的伙伴。而主角也从相信出身转为相信品格，而且主角最终也确实改变了，证明了‘品格成就一个人’这个论点。导师哈里虽然死了，但打败他的大反派最后又被主角打败，因此不影响主旨。”（见表5）

“所以我们其实在看影片时，也可以透过找到影片中的相对性和角色最后的情节，来分析故事的主旨？”

“是的。要留意的是，相对性不一定是谁打败了谁，也可能是和解。例如《穿普拉达的女王》，有‘平凡与时尚’和‘工作与私人’这两组相对性，但最后这两组相对性取得了平衡，没有谁对谁错，因为它的故事主旨确实没有站在任何一边。”

表5

	出身平凡	出身权贵
相信出身	主角埃格西	大反派瓦伦丁，亚瑟，查理
相信品格	（结局时的埃格西）	导师哈里，罗克西

“所以角色相对性，一定和主旨有关吗？”

“不一定。我们可以替角色安排与主旨无关的相对性，例如冷酷与泼辣，傻气与精明……这些相对性虽然与主旨无关，但会使角色形象相互映衬，变得更鲜明。所以你会发现，大多数时候，主角和反派不仅在角色布局上相对，他们的性格特质、身份常常也是相对的。”

“那观众怎么知道哪个相对性才是主旨？”

“编剧会安排相对应的场景，去提醒观众焦点在哪里。这就是我在一开始说的，这便是故事主旨的揭露。”

天哪，我们居然回到最开始的话题了，老师的脑中有自动导航系统吗？

“在电影故事中，编剧会在第一幕安排一个或多个场景，去点出故事中的相对性在哪里，好让观众留意到一些明显的议题，并且在故事进行的过程中，意识到这些议题反复出现，使他们最后可以总结出故事的主旨。”

“所以才华到底重不重要，就是故事中的相对性？”

“我们通常不会使用否定句来做相对性。‘贪婪是不好的’和‘才华不重要’这样的主旨，会使主角变得被动，或是让我们写出悲剧结局。因为你不知道‘什么是好的’，所以主角无法采取对的行动，或是主角会采取错的行动然后被惩罚。所以‘才华重不重要'，我们需要把它转换成另一个议题，也就是相信才华与相信学习。一本教编剧的书，如果相信才华，就没什么好教的了，所以这本书的主旨，当然是相信学习。但因为才华这个迷思实在太多人有了，因此把这个相对性转变成'才华重不重要'来讨论。这个故事的角色布局也很简单，像这个表。"（见表6）

我看着这个布局，理解了如何从主旨来规划角色布局，还有老师提到的主旨揭露，也了解了什么叫"与主旨无关的角色相对性"。我与老师的性格虽然相对，但和整个故事的主旨是无关的，无论傻气或理智，活泼或冷静，愿不愿意相信学习才是重要的。

但我看着这个角色布局图，隐隐觉得哪里不对劲。如果"相信才华的经验者"这个格子里的老爸是伪装的，那这个格子里实际上会是谁？而这个故事中，是不是其实还隐藏着一个作为大反派的角色？

"角色布局中，四个格子都会填满吗？"

"不一定，看你故事的需要。"

表6

	相信才华	相信学习
年轻人	咏琪（我）	（未来的咏琪）
经验者	老爸（伪装）	高明、老爸（实际上）

“所以不见得会有相信才华的经验者吗……”老师的回答，似乎在说我的不安是多虑。

文青不知什么时候醒来的，突然搭话：“为什么我没有在上面?”

“因为你不是主要角色。”老师直接明了，秒杀了文青，“你是所谓的甘草人物，和功能性角色有点相近，但你主要的功能，是用来增加笑料。”

“所以我的人生，只是一场笑话吗……”文青理解到自己的宿命，大受打击。

在打闹之中，这堂直到深夜的编剧课终于走到了尾声，但不知为何，我心中的不安没有因文青的笑闹而散去，反而渐渐地扩大……

注　释

1　角色扮演。——编者注

2　机械神：因在舞台上扮演神明的演员常需要上升下降的机械机关，因此这种神明被称为“机械神”。

第六章

电影不都这样演吗？

W 型结构

时间过得很快，热炒店的编剧课一转眼又过了三个多月。在上到深夜的那堂课之后，文青为了培训新到职的工程师以及处理公司新开的项目，忙得昏天暗地，别说参加编剧课，就连平时在公司和我打屁的时间都少了。

我也开始在每周不断的作业之中，尝到了编剧的修改地狱滋味。除了反复被要求利用拼贴的方式写出故事大纲，并且依 W 型结构完成三千字左右的大纲，我也被要求去分析院线作品，写出剧情大纲、结构分析和角色布局。虽然我在第一个月就写出了两个简要的大纲，但直到现在，我都还没有真正进入剧本阶段。

尽管如此，我对于目前充实的学徒生活，还是感到相当满意。这种一步一步，有事情让自己专心去努力的感觉，让人觉得生命在确实地前进着。

当我正如往常，利用午休时间赶工我的预告片接续练习时，突然一阵熟悉又欠扁的歌声打断了我的思绪。

“我们都需要咏琪，来面对流言蜚语……”文青久违地来到我的座位旁。从高中开始，他就喜欢唱这首《勇气》来嘲笑我。

“走开，不要吵我。”

“不要这么冷淡嘛，我们很久没聊天了。”他把办公椅滑到我的身边，就像是个屁孩，“业主验收没问题，我提早收工耶。”

“我正在写作业。”我的注意力留在屏幕上，伸脚踢开他的椅子，他呼噜呼噜地滑开。

“写什么作业？”三步并作两步，他又滑回来。

“接写预告片。”我再踢开他。

“那是什么？”他又滑回来。

我转头瞪他：“走开。”

“小气。”文青自讨没趣，默默滑开，“那我自己读笔记。”

“你没上课哪有什么笔记……”我原本正为赶走了这个麻烦精开心，却突然意识到不妙，伸手一摸，果然我包里的笔记本不翼而飞，“把我的笔记还来！”

我们在办公室展开了一场追逐战，没几分钟我就意识到这样下去我的午休时间……不，从他来找我的那一刻就注定没了。

我只好投降：“好啦我教你，笔记还我！”

文青诡计得逞，得意地晃着笔记：“这么在意，里面是写了什么见不得人的秘密吗？啊我知道，一定写满了对老师的爱慕心情，电影不都这样演吗？随着时间过去，两人的距离渐渐拉近……”

“拉你个大头鬼。”我一把抢回笔记，“我只讲我记得的喔，你不准问题一堆叽叽歪歪的。”

文青行了个礼：“Yes，Sir！”

这个死小孩……我们回到电脑前，我将我作业用的表格打开给他看："这是W型结构用的大纲结构表，把这张表填完，故事大纲就差不多完成了。（见表7）

"就是主流电影故事常见的结构，老师要求我每个故事都要照着这个结构写。"

"果然是工厂生产流程啊那个老师，这结构有什么特别的吗？"

"呃……好像几乎所有的热门作品，都是这个结构。"

"真的假的？"文青不相信，我懂，因为我一开始也不信。

"我已经挑战过了，我给你看一些作业好了。"我打开其他文

表7

<table>
<tr><td colspan="9">片名：</td></tr>
<tr><td rowspan="2">主角外在问题</td><td colspan="6">外部事件：</td><td rowspan="2">想要：</td><td rowspan="4">故事主旨：</td></tr>
<tr><td rowspan="2">原来世界：</td><td>立即困境：</td><td rowspan="2">支线：</td><td rowspan="2">收获战果：</td><td>潜在问题：</td><td rowspan="2">最终挑战：</td></tr>
<tr><td rowspan="2">主角内在缺陷</td><td>单一任务：</td><td>失去一切：</td><td rowspan="2">需要：</td></tr>
<tr><td colspan="6">内部事件：</td></tr>
</table>

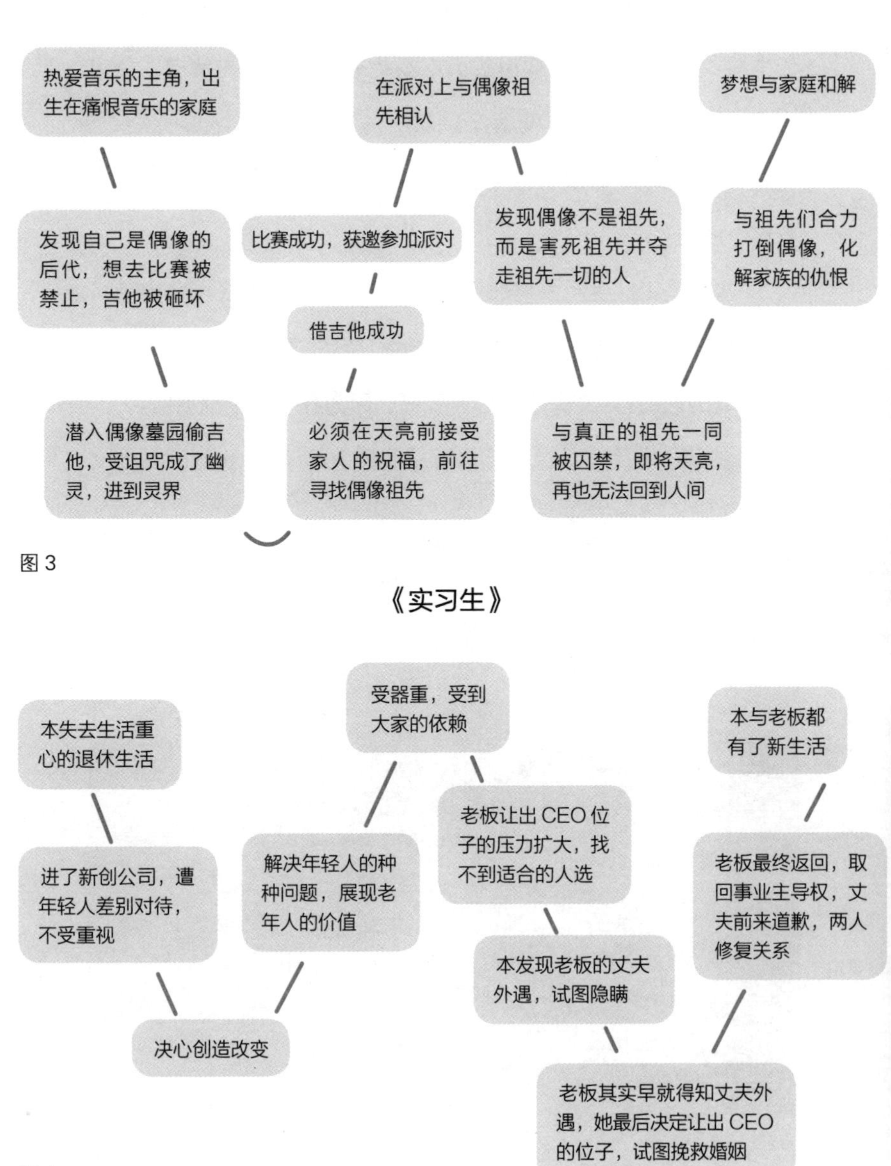
《寻梦环游记》
热爱音乐的主角，出生在痛恨音乐的家庭
发现自己是偶像的后代，想去比赛被禁止，吉他被砸坏
潜入偶像墓园偷吉他，受诅咒成了幽灵，进到灵界
必须在天亮前接受家人的祝福，前往寻找偶像祖先
借吉他成功
比赛成功，获邀参加派对
在派对上与偶像祖先相认
发现偶像不是祖先，而是害死祖先并夺走祖先一切的人
与真正的祖先一同被囚禁，即将天亮，再也无法回到人间
与祖先们合力打倒偶像，化解家族的仇恨
梦想与家庭和解
图 3

《实习生》
本失去生活重心的退休生活
进了新创公司，遭年轻人差别对待，不受重视
决心创造改变
解决年轻人的种种问题，展现老年人的价值
受器重，受到大家的依赖
老板让出 CEO 位子的压力扩大，找不到适合的人选
本发现老板的丈夫外遇，试图隐瞒
老板其实早就得知丈夫外遇，她最后决定让出 CEO 的位子，试图挽救婚姻
老板最终返回，取回事业主导权，丈夫前来道歉，两人修复关系
本与老板都有了新生活
图 4

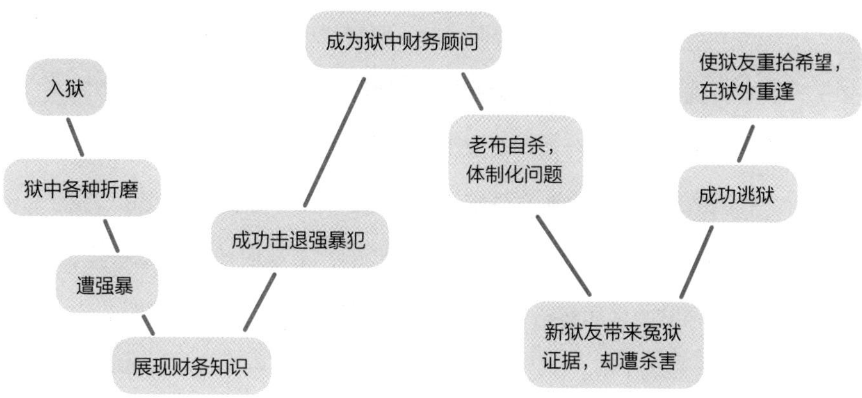
《肖申克的救赎》
入狱
狱中各种折磨
遭强暴
展现财务知识
成功击退强暴犯
成为狱中财务顾问
老布自杀，
体制化问题
新狱友带来冤狱
证据，却遭杀害
成功逃狱
使狱友重拾希望，
在狱外重逢
图 5

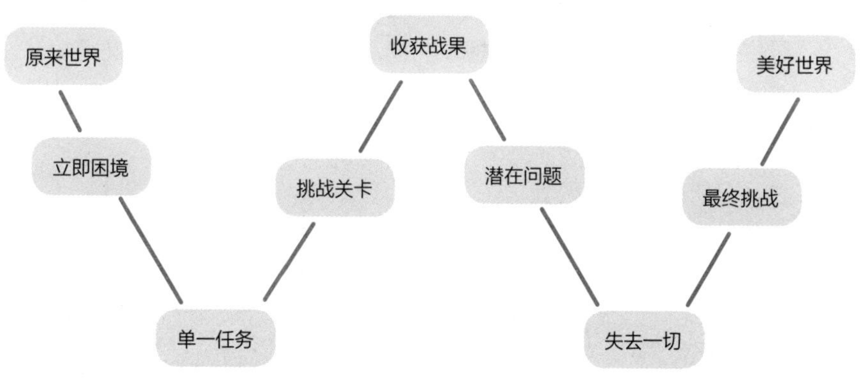
角色状态
原来世界
立即困境
单一任务
挑战关卡
收获战果
潜在问题
失去一切
最终挑战
美好世界
影片时间
图 6

档，是之前照着 W 型结构写的简易分析版作业。

“哇…… 儿童片、温馨职场片、剧情片……三种不同类型的片都一样的走向，好像真的有那么一回事。”文青啧啧称奇，“这个向上和向下是怎么区分的？好像和之前看到的故事曲线不一样。”

“故事曲线直的地方是情绪，W 型直的地方是角色状态。”我开了另一个电脑文档，是老师发给我的，上课时他画在盘子上，下课后很贴心地居然给了我电子文件，让我受宠若惊。（见图 7）

“太多线了啦，”文青一下眼花缭乱，“一个一个来。故事曲线上这些 Act1、2、3 和虚线是什么东西？”

“Act 是‘幕’的意思，第一幕、第二幕、第三幕，就是传统的三幕剧。我觉得蛮有趣的，因为直接翻译是‘动作一’‘动作二’‘动作三’，和中文对‘幕’的理解不一样，但反而更接近真正的意义。”

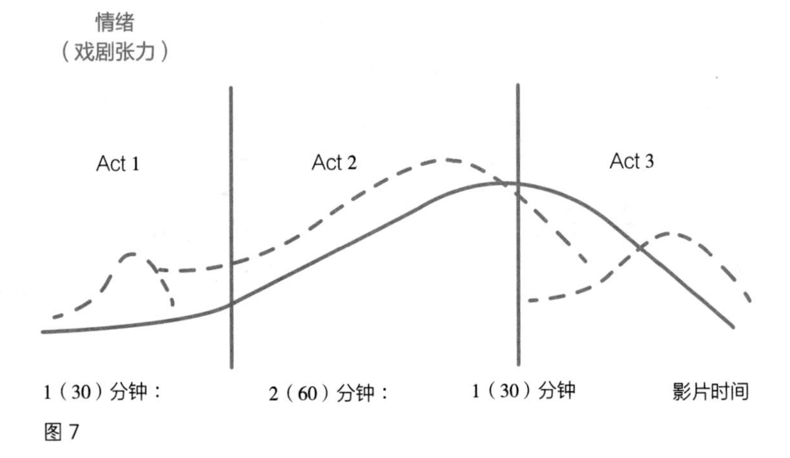

图 7

“什么真正的意义？”

“感觉有点像角色在面对不同状况时采取了三个大的行动，第一幕是故事的启动点嘛，角色生活平衡被打破，采取了第一个行动，接下来是形成单一任务，进到第二幕，采取第二个行动。但在战果与代价之后，面对第三幕的最终挑战，采取了第三个行动，应该也可以理解成三个大事件？”我自顾自地品味着图形的含意，文青用一种不可思议的眼光看着我。

“你到底吃了多少高明的口水？”

我白了他一眼：“总之，这图的意思是一部电影一百二十分钟，是一个大故事曲线，三幕的时间分割大约 1∶2∶1，也就是三十分钟、六十分钟、三十分钟。虚线的意思是说，这三幕又可以各自分成较小的故事曲线，切成更小的铺陈、放大和反转。”

“那为什么有重叠？”文青指着虚线交接的部分。

“一个故事曲线完全走完，代表冲突解除了，戏结束了，情绪归零了，如果每次都走完再重新铺陈，就没有一气呵成的感觉。老师那个时候是用我的畅销编剧大纲举例，第一幕可能是在交代主角的家庭情况、工作状态、与男朋友的关系，她在第一幕吃足了苦头，终于决定反抗。我如果让她决定反抗，结束，然后第二幕再重新铺陈，开始想怎么反抗，得到灵感，两幕之间就是断的。那还不如让她在决定反抗时就已经有想法，马上开始准备计划，感觉才会连贯。”

“有点道理。”文青研究着图，“但这样一部戏才三个转折，不会太少吗？”

“当然太少，老师说其实我们还可以再分割下去，三幕，再三幕，再三幕……一路最小到一个场景都可以做一个三幕，一条曲线。”

“那整部戏不就有快一百条故事曲线？”文青傻眼。

“我当时其实也傻眼，但老师要我先不管，先熟悉 W 结构。”

文青也不追究：“好吧，那我们来讲 W 结构，角色状态是指什么？”

“就是主角接近他的目标的程度，状态越好，代表他越接近目标、越受肯定，情况越来越理想，反过来说，就是困境越来越扩大，处境越来越艰难。”

“所以 W 型是以快乐结局为前提？”

“老师说了，他不教所有剧本的写法，只教受较多人欢迎的作品的生产方法。”

“啧，市侩的家伙。”文青一向不爱这个口味，“剧本哪有这么无趣，只有变糟、变好、变糟这种走向？”

“不是喔，这只是大方向如此，整体其实是有波折的。”我拿了一张便条纸，在上面画线，“因为戏剧要有转折，如果一下变好一下变坏，就会变成这样。”

图 8

“你看，虽然转折很多，但整体看起来很平。我之前有几次作业就写成这样，很认真安排冲突，让故事看起来一直有事发生，好像剧情在推进，但其实主角并没有真的因为解决了很多次危机，状态就变得更好或更差。整个故事常常会变成流水账，感觉主角不断地面临危机、解决、面临危机、解决……到后来变得很呆板，很重复。”我撕到下张便条纸，又画了另一条线，“如果要使变化明显，就要往一个方向发展，像这样。”

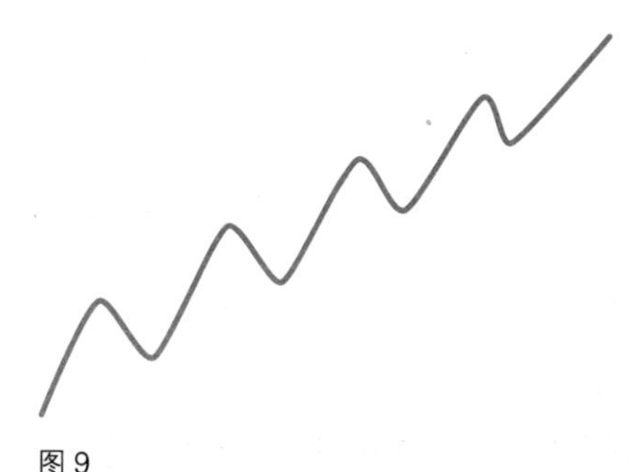

图 9

“这不就是我之前说的，小 boss、中 boss、大 boss 一路打上去的方式？”文青想起了之前热炒店的课。

“没错，虽然主角状态一直有提升，但因为过程一路顺利，给人太过理所当然、整体缺乏转折的感觉。”

“所以依照之前讲过的故事曲线，应该要这样？”文青用笔在我画的线段前面加上一段，“这样就有一个剧情的大转折，同时中间也有小的转折，应该没问题了吧？”

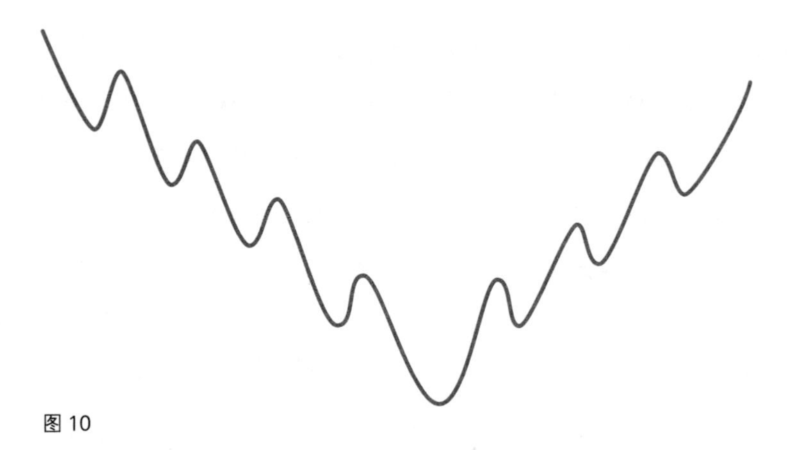

图 10

“这个结构如果是在三到五分钟的短剧或连续剧里，或许行得通，但放在电影里，不够漂亮。”

“为什么？”

“我们进场看电影，看到主角从开头就一路面对各种困境，情况越来越糟，你觉得故事接下来会发生什么事？”

“当然是主角开始翻盘，一路迈向最终结局……啊。”文青抓到点了。

“这个 V 型的模式，会完全符合观众的预期，缺乏意外性，所以放在电影之中，就会产生一种完全被猜中的感觉。如果放在连续剧里，因为一集的结尾不见得是好的，所以悬念会比较强，但如果是每集都有明显结尾的影集，还是会有类似电影的问题，所以也会比较建议 W 型的结构。”

“那为什么三到五分钟可以？”

“因为太短了，在这种篇幅中能做一个转折，观众就可以满足了。”我当时也问了一样的问题，于是照搬老师的答案，“想在三到五分钟内做到 W，难度很高。”

“好吧，勉强接受。”文青搓着下巴，指回一开始的图，“所以上面这个故事曲线，和下面这个 W，是互相对照的吗？”

“对，第一幕和第二幕的交接，大约是第一个低谷后面一些，而第二幕与第三幕的交接，大约是第二个低谷后面一些。第二幕的中点，则是 W 中间的高峰。这个也只是一个大略的基准，不是一定会这样，要看故事本身的情况。”

“好，那你解释一下 W 上的各个标示吧，从原来世界开始。”文青倒回他的办公椅上，跷起二郎腿指挥着，让人超想巴他的头。[1]

故事的上半场

“原来世界就是故事启动点之前，主角原本日复一日的生活，他可能对自己的生活满意，可能不满意，但他就像我们多数人一样，忍受着这个不满意过日子，想改变，但没有机会、没有勇气、没有动力去改变。像《寻梦环游记》，主角热爱音乐，却出生在一个痛恨音乐的家庭里，他长期停留在这个状态之中。通常从这个原本世界，我们就可以隐约看出结局的美好世界是什么样子。”

“他最后会克服万难，实现音乐梦想。”文青拍着椅子的扶手抢答，以为自己在参加《百万小学堂》。

我模仿老师，一脸面瘫地回应他：“这是单纯成长的路线，同时他面对着与家庭的不和，所以通常可能还会再加上和解的路线，这是最常见的两种角色历程的变化。”

“这个我知道。”文青再次抢答，“共有四种变化：第一种是成长，角色的状态有提升，没自信变有自信，自私变不自私，胆小变勇敢，不懂爱变懂得爱等；第二种是和解，即不良人际关系的解决，仇人变朋友，疏远变亲密等；第三种是寻回，原本有的，由于一些原因消失了，后来重新找了回来，例如找回失踪的亲人，找回生命的意义等；第四种是失落，指反向的成长，角色在故事中成长的东西，是类似变得世故，懂得现实的残酷，有了算计别人的能力等，从传统价值观来看不算美德的东西，这种变化比较少见，是属于主旨比较残酷阴郁的类型。”

“为……为什么你知道得这么清楚？”我大吃一惊。

“因为那天你突然玻璃心碎泪奔回家，留我一个人和高明在店里……”文青唤起了我的记忆，啊，尴尬死了。

“你们……你们后来还继续上课啊？”我感觉自己的脸在发烫。

“你才知道那个高明有多不甘寂寞，”文青一脸坏笑，“你知道他当时说什么吗？他先是愣在原地，然后问我说：‘我还没说完，你想继续听吗？’”

文青模仿老师的表情语气，逗得我不禁失笑。

三个月下来，我也发现老师虽然表面上看起来冷冰冰的，但其实是个热血的人，态度虽然无情，但几乎有问必答，充满教学热忱，而且让你感觉他根本乐在其中。

“我真不懂，他要是这么爱教，怎么不留在台北？他每个月在里民中心办讲座，根本没人去，要是在台北，至少会热闹一点吧？”

“我也不知道，听说他在台北发生了一些事……”

“该不会是和情人分手，离开伤心地吧？”文青说完又摇摇头，“不对不对，他那副样子别说女朋友了，应该连个朋友都没有。”

“不要乱讲，老师人明明很好。”

“哎哟？”文青态度一转，“替他说话喔？”

我清清喉咙，避开文青的调侃：“总之呢，一个故事不限于一种变化，很多和解故事，本身也是成长故事，像《寻梦环游记》就是这种混合类型。”

“一开头寂寞的人，最后就会找到爱情。啊，美好世界。”文青发着花痴，而我无视他的话中有话。

有麻烦才会动起来

“原来世界就是铺陈的开端，介绍角色的‘想要’，介绍角色是谁，介绍角色关系等，但没有规定一定要在这个阶段一口气介绍完，还是会考虑戏剧效果。原则上，只要在第一幕结束前把主线上的主要角色都介绍完就可以了，所以有时原来世界会和立即困境混合在一起。”

“为什么困境要‘立即’？”文青见我不理他，终于恢复正常了。

“因为角色可能在原来世界中，就陷在某个长期困境里。主角可能穷，可能胆小，可能被欺负，无论他有没有尝试改变过，但他已经困在这种生活里很久了，定型了。整个故事，其实就是他成功改变的那一次。有一个必须马上采取行动的困境，才能使他原本被定型的生活开始动起来。这种立即困境通常有三种情况：第一种是旧环境的改变，被解雇，家人过世，陌生人来临等；第二种是进入新环境，搬家、旅行、换工作等；第三种是有时限的任务，比赛，限定一个月要还清的债务、医药费等。这几种情况，都会使人不得不立即采取行动来解决眼前的问题。”

“想解决这个问题，就是角色的‘想要’吗？”

“如果角色本来不想，那这个困境就创造了‘想要’；如果主角本来就想，那就是要把‘想要’变成具体的行动。像《寻梦环游记》的例子，主角热爱音乐，想成为偶像那样的歌手，故事透过一场音乐大赛，使他有机会采取行动。不然他一直想，没机会表现，就无法做出冲突。”

“那什么叫单一任务？”

“单一任务就是在故事当中，主角最主要在经历的冒险。你可以用预告片的角度去思考，预告片的主要内容，其实是由原本世界、立即困境、单一任务这三个部分组成的。老师说，通常如果在预告片中看不出这三件事，几乎就可以确定这部电影不好看。”

“好像是这样。”文青又开始搓他的下巴。

“这是故事情节中最重要的一个环节，有许多重点。”我打开笔记，开始一一条列出来，“首先，单一任务应该能解决立即困境。这个单一任务是由立即困境延伸出来的，无论主角有没有意识到，但当主角将单一任务完成时，他的立即困境就会获得解决。”

“第二，单一任务必须是‘单一’的。反过来说，立即困境应该透过一个任务，就可以被解决。它可以被分成几个关卡和阶段，但都必须是为了完成同一个任务。如果不是单一的，故事就会失去焦点，变成混乱的流水账。

“第三，单一任务在故事中，一定会被完成，或至少完成到某个看似解决立即困境的程度。综合以上三点，挑战关卡就是在完成单一任务的过程中，编剧设计的几个难题，而且这些难题需要被一一克服，最后收获的战果可以解决立即困境。

“第四，主角在单一任务中，必须是主动的。他要可以发挥他个人的力量来解决任务，也就是说，这个任务的解决，应该会和主角的能力有直接相关，不能是完全依赖别人完成的。大概是这样。”

文青对照着我前面写的三部作品分析：“《寻梦环游记》主角的立即困境是想参加比赛证明自己，单一任务是寻找偶像祖先？”

“对，而找到偶像祖先的条件，刚好就是一场灵界的选秀比赛，所以当他靠着自己的表演完成任务，与祖先相认，获得祖先认同时，他就成功地证明了自己；《肖申克的救赎》中，主角的立即困境是监狱的种种恐怖，强暴犯、凶暴的狱警、糟糕的人际关系等，而单一任务是他靠着他身为银行经理的财务知识，解决了狱警们的财务问题。”

文青点头，若有所悟：“这不但使他和狱警打好关系，赶走了强暴犯，也使他建立起在狱友心中的形象。”

我补充：“主角本身在执行这个任务时，并没有预期会带来这些好处，但它们确实解决了他所有的立即困境。”

文青继续：“那《实习生》主角的立即困境就是进到了年轻人的公司，大家都小看他，使他原本想找回生活重心的期待落空。他的单一任务，就是主动积极地去把握每个他能表现的机会，改变年轻人对他的看法。故事中设计了一系列年轻人的难题，让他有机会展现他的年长智慧，使他成功融入年轻人，受到年轻人的尊重与依赖，找回了他的生活重心。”

“答对了。”我不得不佩服文青，我在课堂上好不容易弄明白的东西，他总是可以清晰地抓到重点，“老师还示范了将故事的单一任务打乱的效果，例如在《肖申克的救赎》中放入主角追查自己的冤罪，向朋友学习怎么在狱中买卖东西，和女子监狱通信发展爱情故事的情节……这些都是他可以在监狱中做的事，每件事也都很有意思，但它们彼此之间的任务是不同的，也互相没有关联性，整个剧情就变成混乱的流水账了。”

“少即是多。并不是不同的事件越多，故事才会越精彩。限缩剧情的走向，减少事件的类型，反而会使故事变得更好看。”文青说出了不可思议的高深总结，我惊讶地看着他，他白我一眼，“你干吗？”

“呃……你突然变成真的文青了。”

“我本来就是真文青好吗？”文青得意地推了推眼镜，“事件聚焦，不节外生枝，不随意发展，这不是常识吗？”

啊啊，真让人不爽，我继续参照笔记向下解说：“总之，由主角主动解决的、明确的单一任务，是一个精彩的故事中非常重要的环节。”

故事的下半场

“接下来是潜在问题，虽然单一任务的完成，会解决主角的立即困境，但不能解决主角所有的困境，不然故事就直接结束了。故事到这个阶段，会延伸出一个潜在问题，给原本看似就要迎来美好明天的主角，带来新的危机。我们通常有几种设计潜在问题的方式：

“第一种是隐藏的秘密，这种最常见。例如以为阻止了敌人的阴谋，但其实敌人有一个更大的阴谋，眼前的只是幌子。或是真正的敌人，其实是意想不到的人，《寻梦环游记》就是这样的例子，真正的祖先另有其人，而我们原本以为是祖先的人，其实是大魔头。在爱情故事中，也常见这种情况，主角以为他爱的是战果，但后来才发现，他爱的其实是陪他一起追求战果的人。

“第二种是战果的代价。我们借由安排隐藏在战果背后的代价，来创造新的危机。例如原本想赚钱给家人过好生活，却在赚钱的任务中，付出了某个与家人有关的重要代价，可能是错过了与孩子的约定，做了伤害家人的事或说了伤害家人的话等。

“第三种是新的安排。在有些作品中，角色完成单一任务后，故事会暂时告一段落，然后开始铺陈新的篇章。《肖申克的救赎》就是这样的例子，前半段主角成功适应了狱中生活，形成了一个新的平衡，后半段来了一个新狱友，创造了新的问题。做这种设计，要留意这个新篇章必须和第一幕铺陈的内容有关，否则作品会变成两个被拼贴在一起的故事。《肖申克的救赎》中新狱友带来的消息，是第一幕就存在的冤狱问题，这使得两个段落虽然中间有十年以上的时间差，却保有很强的整体性。

“第四种是别人的问题。这种手法比较少见，《实习生》就用了这个模式。在电影的前半段，主角解决他的问题，故事后半段的重点，其实都在处理女老板的问题。这种手法的重点在于这个别人必须是一个对主角而言很重要的角色（通常是第二主角），他的问题直接影响到主角前半段收获的战果，在设计上才能保持整体性。

“第五种是延迟的对决。最有名的案例是诺兰的蝙蝠侠三部曲中的第二部《蝙蝠侠：黑暗骑士》。最重要的反派小丑在故事开头其实就出现了，但主角蝙蝠侠在故事的前半部却在执行其他的任务（追捕黑帮），直到故事前半段任务完成，蝙蝠侠才第一次与小丑正面交锋。这种模式在一般故事中比较少见，但在灵异故事中很常见。观众常常在故事开头时便已经看到鬼是谁了，但主角在故事前半段还被困在谜团中，不知道身边闹鬼了，直到故事前半段的任务完成（发现鬼的真面目），才开始第一次与鬼的正面交锋。

“无论是哪一种方式，潜在问题会导致主角的状况一路变差，到达失去一切的阶段。”

“我知道，就是要死了要死了要死了的时候。”文青插嘴。

“你又犯了同一个毛病。”我一掌拍向文青的额头，发泄刚才的不爽情绪，“之前不就说过吗，死只是绝望的其中一种手法，关键是主角的‘想要’。”

文青捂着额头：“主角离他的‘想要’最远的时候？”

“对，说得更清楚一点，就是失去了主角曾经重视的一切。像《实习生》，老板失去了婚姻，所以试图放弃她的事业来拯救婚姻，却又看起来徒劳无功，这里面没有人死，但因为她失去了她最重要的东西，编剧一样可以创造出绝望的低谷。或是像《穿普拉达的女王》，主角虽然得到了工作上的成就，但失去了朋友，也失去了男友，这些都是她曾经最重视的一切。

“所以常见的‘失去一切’有两种，一种是失去曾经重视的一切，另一种就是死亡。死亡又分两种：肉体上的死亡和精神上的死亡。前者很好理解，后者的意思是主角某个重要信念的瓦解。而肉体的死亡也可以分两种：主角或重要他人的死亡。而他们的死亡又可以分两种：差点死亡或实际死亡。《寻梦环游记》里，主角就是差点死亡——白天即将来临，手指变成骷髅；而《肖申克的救赎》则是信念（翻案出狱的希望）与重要他人（亲密的学生）的死亡。”

“两种两种两种两种……高明这家伙一定是故意的！”

“无论如何，主角会越过这个阶段，迎向故事的最终挑战，也就是故事中最后一个大事件，这个事件的设计，与开头的立即困境通常会相呼应。”

“咦？立即困境？”文青立刻抗议，“立即困境不是要被单一任务解决吗？”

“是啊，但别忘了它们是同一条故事曲线。”我指回图 6 中 W 的后面，“立即困境是故事主线的启动点，那最终挑战就是故事主线的高潮，每条故事线的高潮和启动点，大多数时候都会相关。就好像你让一个人去参加比赛，最后就要告诉我们，他是赢了还是输了；你把一个人开除了，最后就要让我们知道，他最后找到了什么工作。故事必须有头有尾。”

“嗯……但是如果它在收获战果时，就被解决了呢？”

“所以就不可以让它被解决啰。”文青又问了和我当时问的一样的问题，我已经被电得很有心得了，“万一你想的问题中间真的被解决了，你要增加一些设定，好让故事变得复杂一点，利用‘潜在问题’把故事再往前推动。我们来看实际的例子好了。”

我回到三部电影的例子：“《寻梦环游记》在收获战果阶段，虽然让主角的音乐才华获得了认同，但并没有解决主角与家人之间的矛盾，所以它所设计的潜在问题和最终挑战，就是打败造成家人彼此误解的大魔头，直接解决让家人痛恨音乐的源头；在《实习生》中，收获战果就几乎解决了本所有的问题，所以它在开头加入了老板的立即困境，她被要求找一个有经验的 CEO，‘潜在问题’就转到了老板身上；《肖申克的救赎》的立即困境是被关之后的种种问题，在收获战果时他虽然适应了监狱，但他被关的这件事仍然存在，因此潜在问题和最终挑战就设计成了脱离监狱。我还可以举更多立即困境和最终挑战呼应的例子：《摔跤吧！爸爸》的困境是想参加奥运却做不到，最终是奥运决赛；《出租车司机》的困境是为了钱才载记者进管制区，最终是为了正义载记者出管制区；《钢铁侠》的困境是……”

“好了好了好了……”文青举手投降，“我知道它们要呼应了，总之，收获战果和最终挑战，是分成两个阶段解决主角所有的问题，这样理解可以吗？”

“可以这么说。”我觉得自己写了很多作业真是太好了，“我之前在构思时，常常把事情想得太简单，一次性解决，故事就会显得转折太少，答案太直接。”

“那最终挑战，除了与开头呼应，还有设计的重点吗？”

“有一些基本原则。”我继续分享笔记，“首先，戏剧是放大的过程，所以理想上最终挑战这个阶段所安排的事件，应该要‘大’，无论是主角的风险、面对的挑战、整体的影响，或是事件本身的场面，都要大一点会比较好看。比较简单的‘大’，就是场地大、人多、生死攸关……比较特殊的‘大’，是像《肖申克的救赎》那样，挑战了一件最不可思议的事，在安排上，利用雷雨与呐喊强化了戏剧效果；侦探故事中，最后总是在一个大房间，所有人到齐，解开最关键的谜团，也是类似的原理。《实习生》在最后，就缺乏了这个‘大’，所以结尾就显得比较平淡，戏剧张力相较之下就比较弱。”

“所以不是一定要大，而是大比较精彩。”

“因为结尾高潮是决定观众满意度很重要的一个阶段，观众大多可以接受开头较为平淡但高潮精彩的故事，却不能接受开头精彩、高潮却平淡的故事，所以最终挑战做大一点，效果会好一点。”

“除了大，还有呢？”

“第二是获得需要，也就是让主角完成变化。潜在问题、失去一切、最终挑战这三个阶段，本质上其实是为了让角色理解对他而言最重要的东西而设计的，主角应该在走过这三阶段的过程中，完成他的角色历程。有时这个历程发生得早，如《出租车司机》，在失去一切过后，主角在返家的路途中觉醒，才回头迎向最终挑战。不过大多数的情况下，主角都是在最终挑战的过程中，因为觉醒而成功解决了挑战事件。如《实习生》，老板自己想通了对自己而言最重要的事；《寻梦环游记》家族和解，合力击败了大魔头；《肖申克的救赎》是一个比较特别的情况，因为角色历程不是设计在主角身上，而是在黑人朋友身上，但黑人朋友也是因为最终挑战，也就是主角的成功越狱，才理解了拥抱希望的重要。”

“所以角色历程不一定要在主角身上？我记得之前在热炒店时，说故事一开始为了变化，要替主角设定一个可以成长的缺陷。”

“对，但有三种情况不适用这种技巧，一个是主角本身属于充满神秘感、无法理解的类型，因为剧情需要，观众和主角要保持距离，故事通常会安排第二主角，从第二主角的视角来观察主角的转变，这时角色历程会安排在第二主角身上。第二种情况，当主角本身是主旨的美德化身时，通常也会使用第二主角，让第二主角因为见证主角身上的美德而产生转变，《实习生》有点像这个类型，因为主角本身就是老人美德的化身，但编剧还是安排了一个角色历程在主角身上。《阿甘正传》也是第二种情况，被改变的是主角身边的人。而《肖申克的救赎》则是第一种和第二种的混合，主角本身充满神秘感，又是主旨的化身。第三种情况比较特殊，不常出现在影视里，但很常出现在轻小说中——主角都设定成拥有惊人的特殊能力，几乎是全世界最强的人，再透过主角解决身边的人的困扰，来提供给读者充满优越感的代入感。这三种状况，因为故事需求，不太适合替主角安排缺陷，因此都把角色历程做在其他角色身上。”

“所以双主角的故事，都属于这种类型？”

“不是喔，双主角有些是这种类型，有些是各有各的角色历程，而他们会互相帮助、补充，使彼此成长。”

“嗯……”文青闭目沉思，似乎是在脑中寻找案例，“好，那还有其他重点吗？”

“最终挑战的第三个重点，就是要能与主旨呼应。主角在这个阶段面对最大的反派、最大的挑战，我们设计的他超越反派、完成目标、获得成长的方式，必须能帮助我们看见故事的主旨。如果剧中的感情戏是重点，这个最终挑战的解决，也就必须与情感有关。所以《寻梦环游记》中，家族情感是重点，最终就必须是家族合力打败魔王；《肖申克的救赎》的逃狱方式，靠的是一把没有无比的信念就无法用它达成目标的小锤子；《实习生》真正的主旨，并不只是‘老年人的价值’，而是‘展现自己的价值，哪怕你与众不同’，所以老年人进新公司又怎样？女人拥有事业又怎样？老板最后想通了这件事，不愿用事业交换婚姻，却意外地同时取回了事业与婚姻。”

“例子很好，但这些不都是废话吗？”文青不以为然。

“不，最终挑战的事件设计错了，会影响主旨的。”我举了老师当时举的例子，“《摔跤吧！爸爸》中，女儿一路靠着与父亲的合作，打入了决赛，在这个故事的最终挑战中，编剧设计了一个难题：父亲中了陷阱，被困在一个房间内，比赛开始，女儿因为父亲不在，陷入了苦战。我们在这里有一个常见的经典设计：在最后紧要关头，父亲破门而出，冲到女儿身边，女儿因父亲回归，心生自信与勇气，使出两人秘密苦练的绝招，逆转战胜了对手。”

“很棒啊，经典结局。”文青没意识到这不是电影原本的结局。

“叭叭。”我模仿问答节目里答错的音效，“如果真的这样设计，就破坏了故事的主旨‘女人与男人生来平等，可以做到任何男人能做到的事’。”

“为什么？”文青不服。

“因为女儿一旦失去了父亲，就什么也不是。在整个故事中，女儿从来没有独立完成任何的挑战。这样的剧情，怎么说服观众主旨是男女平等呢？”

“啊……我想起来了，原本的结局不是这样的。”文青拍了拍脑袋，“父亲从头到尾都被关在房间里，女儿是靠自己的力量独立打败对手的。”

“对，”我借花献佛，搬出老师的补充，“而且她在打败对手时，脑中浮现的那个提醒她必须独立的声音，是当年父亲给她的特训。这是一个巧妙的设计，同时平衡了‘独立’的主旨和‘父女情’的感情戏，少了任何一边，这故事都不太完整。”

“这倒是真的从没想过……”

“老师举过另一个例子，是《蝙蝠侠：黑暗骑士》。”我继续借花，“这部作品的主旨，谈的是‘英雄不是个人力量最强的人，而是能让人相信正义、相信法治的人’。所以整部作品中蝙蝠侠一直都在试着把检察官哈维打造成‘光明骑士’，暗中帮助他。针对这个主旨，编剧选择的大反派，便是什么都不信、专门破坏秩序的小丑。在最终挑战阶段，小丑安排了一个双船事件。”

“我知道，两艘船上都装了炸弹，一艘船载的是市民，一艘船载的是罪犯，他们各有一个开关，只要按下去，对方的船就会爆炸，自己就能得救，但如果两边都不按，两艘船都会爆炸。”

“在这个难关中，如果最后是蝙蝠侠靠着精良的装备和高超的身手，拆除了船上的炸弹，解决了危机，那一样破坏了主旨。说到底，还是能力最强的人才是英雄。因此，编剧做了一个符合主旨的选择。”

“让两艘船上的人都因为相信正义、相信法治，不愿按下炸弹按钮。时间到了，两艘船都没有爆炸，喜欢玩弄人性的小丑无法理解为什么他们都不肯为了自己牺牲别人，最后遭到蝙蝠侠的修理。对正义法治的信心，解决了这个难题。”文青用夸张的声调，唱作俱佳地把故事说完，看来他很喜欢这部电影。

“看吧，这不是废话吧，一不小心就会设计错啰。”

“确实……魔鬼出在细节里啊。”

“最后一个重点……”

“还有啊？”

“最终挑战的解决，主角必须是主动的，扮演着关键的角色。所以在刚才蝙蝠侠的例子中，虽然船上的人要靠自己得救，但编剧没有让蝙蝠侠闲着，他必须在其他地方，与小丑和他的爪牙们正面对决。最终挑战要和主旨呼应，但主角依然必须维持主动，甚至要处在事件的中心。”

“每个阶段，要考虑的事情都不少呢。”文青开始露出苦恼的表情，感觉下巴都要搓破了。

“还没有说到美好世界的重点喔。”

“开头不是说过了？”

“我们只是大略地知道了方向，实际上在这个阶段，还有一些细节要留意。除了角色历程需要完成之外，这个阶段必须解决所有故事留下的悬念，所有角色的目标、困境都应该在这时落幕。美好世界同时也相对于原来世界，就像一段旅程，结束之后会回家一样。主角通常会回到原来世界，但这时他已经成长，因此原来困住他的长期困境消失了，他变成更好的人，世界变成更好的世界。”

“但并不一定要回到原本的家吧？”文青提出反例，“像《肖申克的救赎》，主角就去了遥远的海岛。”

“因为他是逃犯啊，无论如何，物理上的‘原来世界’一定不可能给他更好的生活，因此他需要在一个新地方，用新身份开始新生活。这是一个特殊的例子，但也看得出那个更好的感觉。相对于监狱，他到了一个开阔的海岛，而不是森林，看起来更有自由、天堂的感觉。而且当黑人朋友与他会合时，我们知道他等于有了新的家人。不过这终究是特例，大多数的人在冒险结束后，还是会回归正常的生活。”我以老师的话总结，“只要获得需要，原本的世界就可以是天堂。”

核心与支线

“嗯……”文青把电脑画面切回一开始的表格。（见表 8）

表 8

<table>
<tr><td colspan="9">片名：</td></tr>
<tr><td rowspan="2">主角外在问题</td><td colspan="6">外部事件：</td><td rowspan="2">想要：</td><td rowspan="4">故事主旨：</td></tr>
<tr><td rowspan="2">原来世界：</td><td>立即困境：</td><td rowspan="2">支线：</td><td rowspan="2">收获战果：</td><td>潜在问题：</td><td rowspan="2">最终挑战：</td></tr>
<tr><td rowspan="2">主角内在缺陷</td><td>单一任务：</td><td>失去一切：</td><td rowspan="2">需要：</td></tr>
<tr><td colspan="6">内部事件：</td></tr>
</table>

他开始看表发问：“所以中间就是整个 W 型结构的每个阶段……上面为什么没有挑战关卡和美好世界，反而有一格叫支线？”

“因为这是结构表，不是真正的大纲啊，这个表是帮助我们发想故事的。老师说他设计这个表的逻辑，是类似‘找到两个点，就容易想出连接它们的线’，所以这张表上，都是这样的线索。”我指着左上角的‘外在问题’，“这个是角色外在的长期困境，例如穷，被看不起，做着不喜欢的工作等，而因为这个困境，角色就会产生右手边的这个‘想要’。”

我指向表的右边："而从困境到获得'想要'，就会连接出在故事中可能可以用的任务。这就是外部事件，指看得到、可被演出来的、主角实际的行动。这部分和预告片的内容会很像，主角为了一个目的，必须采取一个行动，但这个行动会面临阻碍。

"有的时候情况会反过来，我们可能在构思故事时，会先想到任务，但还不确定主角的困境和'想要'，这时就可以往前往后设定困境和'想要'，有点像我们之前做的三组纸片的练习。

"下半部分则是替主角设定的内在缺陷，还有他必须完成的转变，他克服这个缺陷所必须的需要。而主角整个转变的过程，就是角色历程，也就是内部事件。外部事件和内部事件彼此呼应，而'想要'和需要也会有关联，而这一切，都会扣着整个故事的主旨。"

"我问一格你讲十格……"文青看起来有点晕头转向，"干吗分得那么复杂?"

"因为故事就是有这么多部分啊，如果不区分开来，就会遗漏一些重点。"我想了想，试着举例子，"外部事件和类型有关，例如特工片，外部事件就是特工与恐怖分子的对抗；爱情片，外部事件就是一对男女谈恋爱的过程；武侠片，可能是复仇，可能是夺宝，可能是保家卫国或争武林盟主。总之类型会决定外部事件的方向。但是，配合不同的内部事件，就会形成不同的故事。例如《王牌特工》和《碟中谍 6：全面瓦解》，外部事件都是特工与恐怖分子的对抗，但内部事件一个是男孩变成男人的过程，一个是了解到自己的特质不是灾难而是祝福的过程，两者发展出来的故事，还有着重展现的重点，就非常不同。光顾着思考外部事件，故事会缺乏内涵；光顾着思考内部事件，故事会缺乏剧情。”

“是一个叫座不叫好，或是叫好不叫座的概念。”

“没错！”文青这总结好，我拍手认同，“老师说，不要把这个格子当成一个作业、一种累赘，像要交报告一样去填满它。最可怕的是你脑中想了一个故事，然后硬要把故事塞进这个表格里，这是错误的用法。你应该认真地依照每一格的定义，将你脑中的故事分解，放入格子中，借此发现故事不足的部分，然后思考、修改。它是一个检查和刺激灵感的工具，如果用敷衍的心态去填它，它就是没用的垃圾。我会先把我已经想到的东西填进格子里，然后依照每一格之间的因果关系，去思考还空白的地方，剧情就会比较快浮现出来。”

“说了半天，你还是没告诉我支线是什么啊。”文青终于失去耐性。

“啊……抱歉抱歉，我不像老师，脑中都有自动导航系统……”我抓抓头，老师到底是怎么可以绕一大圈，回到原来问题的啊？我开始回答文青的问题："之前老师讲冲突层次的时候，你听到没？"

"听了啊，一个故事至少要有三个层次嘛。"我以为文青睡着了，他居然听到了。

"对，因为一条主线通常都有两个层次，一个是主角的角色历程，成长就是个人层次，和解就是人际层次，而另一个就是主线上的事件所产生的层次。例如《实习生》，有主角个人失去生活重心的个人层次冲突（角色历程），也有在公司同事间工作的人际层次冲突（主线事件）。故事如果只聚焦在主线上，内容就会比较单薄，所以通常就会另外找一条支线来补充这个层次。"

"这部分理解，上次课程提过类似的概念。"

"但这条支线不能随便找，要是一条和主线相关、和主旨呼应的故事线才行。支线应该可以扩大，或是平衡主旨的面向。"

"扩大或平衡？"

"像《实习生》，如果光是抓一条支线，其实不见得要把老板安排成第二主角。我们大可以聚焦在主角身上，他已经有个人和工作两个层次了，我们可以加入爱情层次或是社会层次来作为支线，例如，他试着追求公司的按摩师却受挫，进而影响到工作表现和人际关系，或是因为他与按摩师年龄差异太大，因为他在新创公司而遭到朋友异样的眼光等，这些都是可能配合的支线。"我喝了口水，停顿一下，“但这些支线相较于编剧最终的选择——用老板的婚姻与事业来做支线，都不够好。因为老板的支线，扩大了‘展现自己的价值，哪怕你与众不同’这个主旨，使这个‘与众不同’不仅限于老人，也加入了女性。人老了就必须退休，女性为了婚姻就必须放弃工作，都是很多人觉得理所当然的事，但真的是这样吗？如果这个老人的生命重心就是工作呢？如果这个女人的生命重心就是工作呢？主角和老板表面上几乎没有共同点，但其实他们有，这就是这两个主要角色的相对性。”

“确实，比起这样的安排，其他支线能传达的主旨，似乎相对地就比较窄。”文青点头认同，接着问，“那平衡是指什么？”

“有些故事的主旨比较八股，例如《天才枪手》这部泰国电影，就是在传达作弊不好、回头是岸的主旨，我们可以设计不同的支线，友情线、爱情线、亲情线，让作弊的人都受到惩罚或悔改，正直的人都获得好结果，可是，这样虽然扩大了主旨包含的面向，但整体就有一种说教感，会显得比较无趣。因此编剧做了一个平衡的选择，他除了安排一条‘作弊的人都受惩罚或悔改’的主线外，另外安排了一条‘正直的人堕落学坏’的支线，男主角在最后邀女主角入伙，再进行一场作弊买卖，被女主角拒绝了。他最后会成功吗？我们不知道，但看起来希望不大。在这样不影响主旨的安排下，做到了一种平衡，让故事显得丰富而不是单面向地说教。”

“所以这条支线，其实是考虑到主线的不足，才增加的？”

“对，如果主线本身就很丰富，其实不见得需要支线，像《寻梦环游记》里的支线，几乎都是为了说明主线的内容而存在的，而不是另外添加的。《克莱默夫妇》这部片，主线本身就包含了爱情（婚姻）、亲情（父子）、工作和个人成长四个面向；《摔跤吧！爸爸》主线也包含了亲情（父女）、社会（女性歧视）和个人（梦想追求）三个面向，所以这两个故事都没有支线，光主线就满满的了。”

“那为什么支线的格子会在中间？”文青指着表格，“支线明明不在 W 的结构里啊。”

“放在中间，是因为支线开始的位置，大多时候是第二幕的开端，也就是单一任务形成以后。因为如果支线太早出现，在第一幕就开始铺陈，会和主线的铺陈混在一起，观众容易分不清主线是哪一条；如果支线太晚出现，主线故事接近高潮正精彩，才开始铺陈支线，观众又容易觉得支线节外生枝、转移焦点。所以选在单一任务形成时，观众已经抓到重点了，再配合单一任务的铺陈一起进行，是最常见的。但常见不等于绝对，要看故事的情况决定。”

“所以支线在设计时，也一样要发展成 W 型？”

“这就没有一定。W 型是整个故事的长相，无论主线和支线怎么长，只要最后能形成 W 型就好。”

“嗯……这个有点抽象。”就算是文青，也没办法想象我在说的是什么情况。

“那举实际的例子好了，我想想……”

我查着我之前做的作业：“有了，就以《穿普拉达的女王》和《王牌特工》这两部片为例好了。”

我对比着主线和支线图解释：“这是把主线和支线分开来拆解的对比图，可以看到在整部电影的时间轴上，两条线上事件所在的位置。《穿普拉达的女王》里的支线，是主角与偶像之间的感情发展，偶像在第二幕开场出现，两人的感情一路增温，支线同时配合着主线上，主角工作的成就与私人生活的挫败，直到两人发生一夜情，第二天早上主角在偶像房里发现米兰达即将要被撤换的真相，主角宣告两人没有感情，支线结束，与主线合并在一起。

“《王牌特工》是个比较特殊的例子，这个故事乍看之下不符合所谓的单一任务，一个任务是追查大反派的阴谋，另一个是努力通过金士曼的考核，但这两个任务是由两个角色分开进行的，互不干扰。这样设计的原因，是因为在故事逻辑上，大反派必须在故事后期才会和主角有接触，但大反派的阴谋是贯穿故事的外

《穿普拉达的女王》

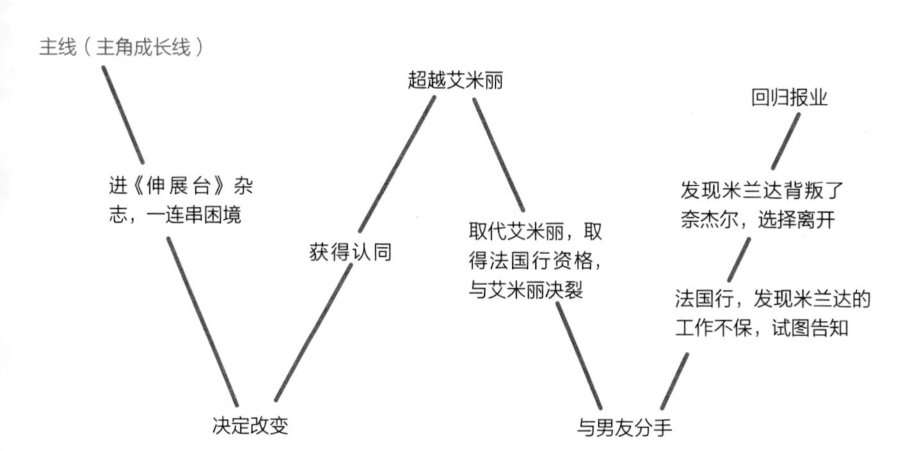
主线（主角成长线）
超越艾米丽
回归报业
进《伸展台》杂志，一连串困境
发现米兰达背叛了奈杰尔，选择离开
取代艾米丽，取得法国行资格，与艾米丽决裂
获得认同
法国行，发现米兰达的工作不保，试图告知
决定改变
与男友分手

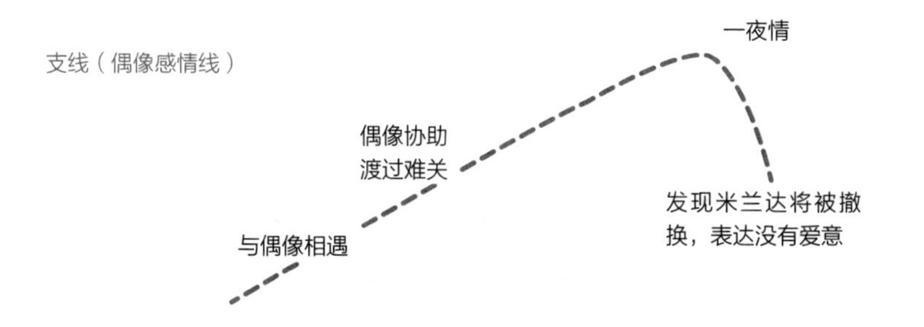
一夜情
支线（偶像感情线）
偶像协助渡过难关
发现米兰达将被撤换，表达没有爱意
与偶像相遇

图 11

《王牌特工》

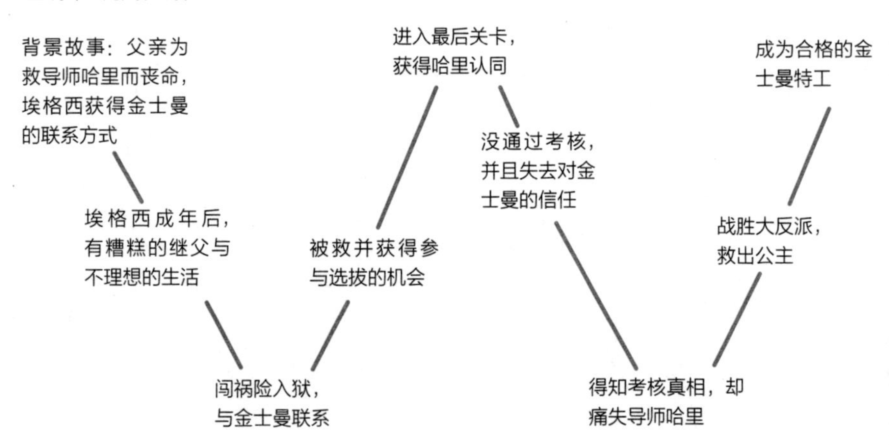
主线（主角成长线）
背景故事：父亲为救导师哈里而丧命，埃格西获得金士曼的联系方式
埃格西成年后，有糟糕的继父与不理想的生活
闯祸险入狱，与金士曼联系
被救并获得参与选拔的机会
进入最后关卡，获得哈里认同
没通过考核，并且失去对金士曼的信任
得知考核真相，却痛失导师哈里
战胜大反派，救出公主
成为合格的金士曼特工

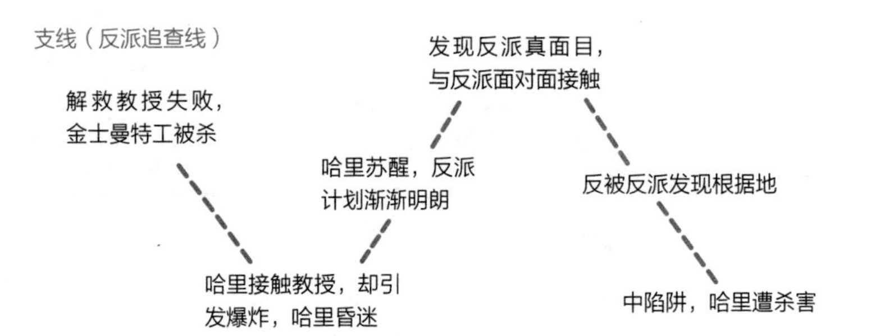
支线（反派追查线）
解救教授失败，金士曼特工被杀
哈里接触教授，却引发爆炸，哈里昏迷
哈里苏醒，反派计划渐渐明朗
发现反派真面目，与反派面对面接触
反被反派发现根据地
中陷阱，哈里遭杀害

图 12

部事件（而不是金士曼的考核），如果让大反派在后期才登场，故事会变得古怪、断裂，于是编剧做了一个有趣的选择，让支线（主角不在的线）比主角更早登场，把导师哈里做成第二主角。你会看到这两条线之间，在 W 的形状上就配合得相对一致，直到哈里被杀，两条线合而为一。”

“看起来，支线长什么样子，似乎没有一个定律啊……虽然是符合故事曲线啦。”文青看来有点头大。

“是啊，完全是由主线的需求决定。主线、主角，是整个故事的中心，支线、配角，都是围绕着它们而生成的。像《实习生》，主角的角色历程在故事中间就完成了，等于是 W 的前一个 V 在走主线，后一个 V 虽然是透过主角的视角出发，但其实都是支线老板的问题。”

“也可以看成是两个主角，所以有两条主线，一个人的故事先解决，再轮到另一个人？”文青提供了另一个观点。

“好像也可以喔。”我认同，“我刚听到 W 结构的时候，觉得好像很死板，但看的例子越多，就越发现其实很灵活。感觉有点像每个人都有生老病死，都有上学、工作、婚姻等阶段，但每个人的人生其实都非常不同。”

“所以你现在的作业是什么？”

“接写预告片。”

“接写……你是说，看预告片，然后把它写成一个完整的故事？”

“对啊，因为要练习发展这个 W 型的结构，不见得真的有很多故事的想法可以用，老师就叫我看预告片，找出表格里有的东西，外部事件啊原来世界啊单一任务啊……然后练习把其他部分补满，把它变成一个完整的且符合结构的故事，写成大纲。”

“又是一个‘不写自己故事’的练习。”文青笑笑，“大纲怎么写，高明应该也有一堆法则吧。”

“这个好像还好……”我翻了翻笔记，“有了。故事大纲有几种常见的形式，但不同剧组常有不同的名称和定义。大致可以分成五百字内的、三千字左右的，还有近万字的大纲。五百字内的，一般可能被称为简纲、短纲或梗概，有些剧组甚至要求大纲长度在三百字或一百字内，相当于英文所说的 logline，一句话大纲，但不见得真的只有一句话。短纲的重点，是要让人能清楚地看见故事雏形，并且从这个雏形中看出故事的钩子，也就是让人想看下去的卖点。短纲中应该包含主角、冲突，也就是‘想要’和阻碍，还有任务。”

“听不懂啦，”文青嘲笑我像在念逐字稿一样，“举个例子吧，《实习生》的短纲？”

我想了一下：“一个退休老人，为了找回生活目标，决定参加一间新创公司的实习计划。但这间公司里，却全是与他意见和价值观不同的年轻人，他要运用他的人生经历与智慧，证明姜还是老的辣。”

“八十个字，真的整部片的故事都说完了。”文青居然真的算了字数。

“应该还可以再精炼一点，但我只会这种基本款。”

“那三千字大纲呢？”

“这是最常见的电影大纲长度，可以看出完整的故事。写的时候，先不管影片播放时的先后顺序，要依照实际发生的时间顺序写，有十年前就从十年前写起，才不容易产生逻辑问题。”我翻页继续，“必须要有头有尾，不能写成像‘他们即将踏上一段精彩的冒险’的剧情介绍，要写出实际的结局。可以利用 W 型结构的时间比例去大致规划大纲的字数比例，每个波段约七百五十字。开头第一段从人物介绍写起，主角是什么样的人，他想要什么，有什么困扰，过着什么样的生活；第二段就该进入启动点，让故事发生；接下来就是一次又一次的行动、结果、再行动……直到结局。每个人文笔不同，可以依照自己喜欢的笔法去写，重点是读起来顺畅，角色动机明确，不会使人出戏，着重在剧情的铺排和转折上，不要停留太多时间做情绪描写。”

我念完笔记，文青看着我：“就这样？”

“就这样。”我耸耸肩，“因为故事本身架构的重点，在 W 型结构里。”

“也是啦……那万字大纲呢？”

“还没教。老师说一个电影剧本大约三万到三万五千字，万字大纲其实几乎等于分场大纲了，所以等教完分场，我就会写了。”

“分场是什么？”

“我不知道。”我老实承认，“我这三个多月就是一直重复练习写故事大纲，我连剧本实际的长相都不知道。”

“你还真是苦干实干的奇葩。”

“我反而很感谢老师这样教我，”我提出反驳，“我每次练习，都会对原来的课程有新的体会，越去练，越知道这些理论真正的意思，这是我光用想的、用听的，没有办法了解的事。老师一定也走过这个过程，才没有继续往下教。”

文青上下打量着我：“你越来越有编剧的样子了。”

“不要突然肉麻好吗？有点恶心。”

“要是读书时你也这么认真就好了，才三个月你就可以讲得头头是道，你一定会考上台大的。”

“有没有兴趣还是很重要啊……”我抓抓头，“而且知道是一回事，要照着做到，还是需要很多练习才行。”

“这星期感觉开始空闲一点了，我周末也去凑个热闹吧。”

“你只是想吃好料[2]吧。”

虽然文青用光了我的午休时间，但能够好好地跟他说明整个框架，让我觉得很有成就感。老师也曾经提醒过我，我不能光是听和做笔记，这样只是“听到”和“记到”而已，完整的学习，还必须要能“说到”和“做到”。我今天算是好好完成“说到”这件事了吧?

就在这样感觉满足的气氛下，又到了上课的时间，我开开心心地来到热炒店，却看到一个陌生的情景。

老师的对面，坐着一位打扮时尚，有着一头利落短发的美丽女子。是朋友吗?从老师一贯冷淡的神情看不出来两人的关系，倒不如说，老师看起来似乎比平常更冰冷……

我有点不知该如何是好，贸然走近似乎会打扰到他们的谈话，只好僵在原地不动。正举棋不定时，那女子突然起身，做了一个惊人的举动。

她亲了老师!

不是亲吻额头，不是亲吻脸颊，而是捧着老师的脸，偶像剧一般的吻。

老师被她的身体挡住，我看不清他的样子，不知为什么在极度震惊之下，我竟留意到女子的身材，好瘦……可恶的令人羡慕的瘦……

在那个吻之后，女子便离开了，她从我身旁走过，一阵像百货公司专柜一样的典雅香气飘来，靠近之后，她看起来更美了。近乎素颜的淡妆下，极好的皮肤透着光泽，像个从荧光幕后走出来的大明星，浑身散发着“我来自另一个世界”的气息。

后颈一冰，我一声惨叫，老师用麦仔茶偷袭我：“发什么呆？上课了。”

我这才发现，我竟看着那女子的背影看呆了。

老师若无其事地坐回位子上，仿佛一切不曾发生过。

但我已经半点上课的心情都没有了。

注 释

1 巴头，闽南语，打头。——编者注

2 吃好吃的。——编者注

第七章

相同场地，不同场景

不安的心

老师翻着我写的大纲作业，难耐的沉默弥漫在空气中。他发现我目睹了刚才的事件吗？就算真的不知道，发生了那种事，为什么他可以维持冷静呢？我突然好想念文青，他因为系统突然大宕机被迫加班，要是他在现场，一定会毫无顾忌地大问特问吧？

"嗯……看起来差不多了。"老师终于开口了，"差不多可以开始进分场了。"

要是平时，我应该会开心得跳起来吧？但我现在满脑子都是稍早那具有冲击性的画面，还有一连串的疑问。

她是谁？女粉丝？女朋友？老师确实没提过他单身，该不会其实是老婆吧？但如果是老婆的话，刚才的行为太奇怪了，难不成是前妻？到底要怎么样才可以像她瘦得这么好看？到底要怎么做才能有那么好的皮肤？那双眼皮是割的吗？

"啪"地眼前一黑，老师像贴符一样把我的作业拍在我额头上，把我从胡思乱想中唤醒。

"你要是不想上课，就现在回家。"今天的老师看起来杀气腾腾。

如果是被喜欢的女生亲了，应该不会是这种反应吧？等等，我为什么要这么在意这件事呢？

“对不起，赶作业赶得有点恍神。”我说了谎。

老师没有接话，只是盯着我，像是看穿了我蹩脚的谎言，等着我自首。我被他盯得坐立难安，正打算招供时，他却先开口了：“你很好奇对吧？那个女的。”

我大力地点头，像是生怕老师看不出我好奇的程度。

老师叹了口气：“算了，看来不解释清楚，今天的课就不用上了。”

“对不起。”像是让老师被迫讲些不想讲的事，我感到抱歉。

“也没什么好隐瞒的，她是个制片，以前也是编剧，我们一起工作过，算是很有才华的那种。”老师推了推眼镜，“她是我前女友。”

虽然早想过这个可能，但听到“前女友”这三个字时，我的心头还是揪了一下。曾经与老师走在一起的，是这样完美的女子啊，不知为何，我竟有些自惭形秽。

“就这样？”见老师没有继续说明的意思，我赶忙追问，“所以你们分手了？那她来找你做什么？她干吗亲你？”

话一出口，我才意识到，我到底在问什么啊！这些问题简直就像……简直就像女朋友在吃醋的台词啊。老师又不是我男朋友，我有什么立场去探听这些？老师没有回话，沉默地看向一旁。

“对不起，我问过头了……”正想着怎么打圆场，老师却开口了。

“她说她会一直等我。”

这句话似乎回答了一切。

他们不知为何分手了，前女友来找他谈复合，老师没有答应，于是她给了老师一个深情的吻。嗯，一定是这样的。

我不知道哪来的勇气，居然又问：“这样不会很可惜吗？”

“可惜？”

“我是说，这么……这么好的女生，我都觉得自己要爱上她了，再努力看看或许还有机会……”我语无伦次。

老师笑了：“她不是来找我谈复合的，她是来找我谈案子的。我不是说她是制片吗？”

“咦？”

“我们几年前一起开发过一个概念，她现在找到了投资，希望我当统筹。我拒绝了。”

“为什么？”

“因为我有你啦。”

什……

“我不是答应你，要给你上一年的课吗？”

“不要讲这种容易让人误解的话！”

“你干吗脸这么红？”

“不要你管！”

这些男人讲话都有毛病啊？害得我刚才心跳漏半拍，心律不整会要人命的好吗？我借故上厕所，躲在化妆室内平静心情，但很快又因臭味而放弃深呼吸。

不知从什么时候开始，老师悄悄地占据了我心中某个位置。他看待事情的单纯专注和隐藏在冰冷背后的温暖，给了我力量。不知不觉间，我慢慢难以区分，我期待每周的编剧课，究竟期待的是课程，还是与他的相处。

但无论如何，这都只是我单方面的想法罢了。那个人，根本就是一个皈依剧本的和尚，日复一日过着只有故事的生活，连那么完美的女人，他都没看在眼里，我又能够算什么呢？我很清楚在他那一丝不苟的生活态度里，我是被放在“学生”这个位置的，没有更多，没有更少。

可是，当我听到他为了对我的承诺而放弃一个机会时，我还是很开心的。能够当他的学生，我已经很满足了。

为了能够响应他的心情，我也必须拿出十二万分的努力才行。

场景、场次与剧本格式

“我准备好了，开始上课吧。”

老师发现我眼神变了，于是带着满意的笑容，开始讲课："分场开始，是一个全新的领域，我们一点一点来讨论。首先，分场有两个重要的部分，一个是场景设计，一个是场景顺序。"

"场景就是指地点吗？"

"从剧本上来看，一个地点，应该算一个场次。"

"场次？场景？"我混乱的脑袋没办法接收混乱的信息。

"我直接举实例，你比较容易理解。"老师拿出一份文件，"这是我之前抄的《王牌特工》的剧本，给你做参考。"

3. 内景　埃格西家客厅　夜

△　哈里来到埃格西家中，传递埃格西父亲的死讯。埃格西母亲——二十出头、打扮淑雅的年轻女子，无法接受丈夫的死讯。埃格西，五岁的男孩，在一旁地上静静玩着玩具。

哈里：很遗憾，你先生的英雄事迹无法接受公开的表扬，希望你能谅解。

埃母：我要怎么谅解？你什么都不肯透露，我甚至不知道他没有和他的小队在一起。

哈里：抱歉，我不能多说了。

△ 埃格西母亲无奈地点点头。

哈里：但我要给你这个英勇勋章，它的背后有一个电话号码，为了具体表达我们的谢意，我们会提供给你……嗯……就算是个人情吧。什么事都可以，只要你告诉接线生“牛津鞋不是雕花鞋”，我就会知道是你。

△ 哈里将勋章递给埃格西母亲，但她将它推开。

埃母：我不要你的帮忙，我只要我老公回家……

△ 埃格西母亲泣不成声，哈里无奈，转而走向一旁地上的埃格西。

哈里：小朋友，你叫什么名字？
埃格西：埃格西。
哈里：哈啰，埃格西。

△ 埃格西低下头，继续玩着他手中的雪花玻璃球玩具。

哈里：可以借我看看吗？

△ 埃格西将玩具交给哈里。

△ 哈里将勋章交给埃格西。

哈里：这个就交给你保管了，埃格西，好吗？照顾好你母亲。

△ 埃格西点点头。

△ 哈里将玩具放到一旁桌上，转身离去。

△ 埃格西看着手中的勋章。

"你说这是你'抄'的？"我看着这页电脑打字的剧本。

"是的，看格式就知道，这不是《王牌特工》的原始剧本，而是我看着影片，试着还原回剧本的练习，用的是我们一般华人惯用的格式。正所谓要画老虎，至少要知道老虎的长相，这个抄剧本的练习，可以帮助我们看到作品的更多细节，我之后会把它加入作业之中。"

"上面的△是什么意思？"

"华人的剧本格式基本上分成三个部分，第一个是场景说明，也就是开头有数字的那行，在每个场景开头，会以数字注明是第几场，内景或外景，地点在哪里，最后是时间。”

“所以这行的意思是，第三场，室内，埃格西家的客厅，时间是晚上？不用写几点吗？”

“不用，因为晚上七点和晚上十二点在拍摄上是没有差异的，一般最多细分成日、夜、晨、昏四种，如果真的需要细节时间，大多是写在△后面。△是剧本的第二部分，是画面描述，基本上，只要和语言无关的部分，都会在开头打△。像环境的描述、角色的状态、表演的指导等，甚至电话铃声响，因为不是语言，也是用△。”老师突然想到什么，“啊，还有一个小惯例，就是一个角色第一次出现在剧本里时，会特别在△处说明他的年龄、形象等，帮助读者知道这个角色是谁，不然角色就只是一个名字，读者常常会搞不清楚他是哪位。”

“那字幕[1]呢？”我不太确定这个算不算语言。

“字幕有人会写成‘字幕……’，也有人写在△后。我习惯写在△后面，因为演员会习惯读‘名字……’的部分，比较不会混淆。”

“都可以，这么随性啊……”

“是的，华人的剧本目前没有严格统一的格式，有人用舞台剧的写法，有人学好莱坞的写法，有人把好莱坞的写法和有△的这种写法混着用，基本上看剧组习惯，大家看得懂就好。我用的这个，目前算是最普遍的格式，大多数的剧本比赛用的也是这种。比赛为了公平，都会规定统一的格式，要自己留意。”

“所以剧本第三个部分，就是语言的部分，是‘名字……’这里？”

“对，只要是语言，就是这样写。如果是内心戏、旁白那种不是从现场角色口中说出来的台词，就加上VO[2]，写成这样。”老师示范了几种情况的写法。

旁白或内心戏：

角色：（VO）他刚才居然小看我，我等等要他好看。

字幕、片头或书信内容：

△ 字幕：“十年后”。

△ 上片头：“王牌特工”。

△ 信上写着：“我马上回来。”

插入回忆镜头：

△ 他想起第一次遇到她的时候。

△ 插入第5场他们的第一次相遇。

△ 插入镜头：他们的第一次相遇。

“如果插入的回忆很长，也可以写成另外一场。”

我看着示范：“真的很随性啊…… 好像只要看得懂就行。”

“你抓到关键了，其实每个人都有自己的写法，反正就是看得懂、好读就行。剧本如果可以写得像小说一样好读，是最成功的。如果写得像拍摄说明书，反而让人读起来很出戏。所以剧本中尽量避免交代镜头，像什么特写、平摇、从上往下拍……一方面是很难读，另一方面也因为我们不是摄影师和导演，拍摄角度、分镜这些内容，与其外行指导内行，不如交给专业的人去考虑。”

“和我想象的很不一样。”我回到剧本上，“我以为剧本就是台词台词台词，没想到，△反而比台词多。”

“这确实是多数人的迷思，很多人都以为写剧本就是填台词，但其实影视剧本是用画面说故事，所以动作设计和对白一样重要。”

“动作设计？”

“这个我们之后再谈。”老师暂停了这个话题，“我们先回到分场。这个范例就是剧本中的一个场次，同时也是一个场景。”

“我还是没弄懂它们的差别。”

“场次就是第一场、第二场、第三场，剧本中时空的顺序。这个顺序就是影片播放的顺序（在不考虑剪接师意见的情况下）。剧本里每换一个地点，就会换一个场次。所以像刚才《王牌特工》的范例中，接下来的剧情是在阿根廷的雪山上，地点换了，所以是第四场。”

“那和场景有什么差别？”

“很多人都会把场景和场次混为一谈，但如果你把它们混为一谈，就会很难理解接下来我们讨论场景设计时的一些概念。在正确的定义上，‘场景’这个词代表的是一个由时间、空间、角色、情境组合而成的事件，甚至有人直接说，场景就等于事件。而场次只是写进剧本时，一种被要求的剧本格式，是为了方便沟通讨论。事实上，在许多国外剧本中，根本就没有标场次。”

“我还是听不懂。”

“举例来说吧，有段剧情是这样的：‘一个人被送进医院，经过数个小时的手术后，医生终于出来，告诉在手术室外焦急等待的家属，手术失败了。’”老师点的菜开始一一上桌，“请问，这段剧情中有几个事件？”

“呃……”我似懂非懂，“一个吧，就是在讲一个人手术失败，死了。”

“对，所以其实这是一个场景。但如果写进剧本，地点可能会有救护车上、医院门口、医院走廊、手术室、手术室外共五个场次。再深入思考：它有没有可能只用一个场次写完？那人被紧急送医……下一场，是他的丧礼。”

“好像也可以，但感觉似乎不太一样。有过程好像会强调那种抢救的感觉，而且不确定这个人到底会不会死；如果直接跳丧礼，好像就只是交代他死了。”

“对，但在故事的层面上，它们是一样的，你说的是处理手法的问题。一个电影剧本，通常需要四十至六十个场景，也就是四十至六十个事件。如果你是以场次的模式去思考，数字就会对不上。所以不论写剧本会用到几个地点，一个事件就是一个场景。”

“但事件有大有小，都算一个场景？”

“不，大事件算一个段落。”

“段落？”

“剧本大致上可以区分成几个区块，幕、段落、场景。我们一样以《王牌特工》为例好了。第一幕是从开头到主角获得参与金士曼选拔的资格，主角获得改变的机会；第二幕是选拔一直到主角失去导师，亚瑟死亡，主角重新振作；第三幕是突破敌人大本营，拯救世界。你试试看，《穿普拉达的女王》？”

“嗯……第一幕是从面试到决定大改造，主角对时尚的态度转变；第二幕是从转变后到与男友分手，主角工作获得成功，却失去私人感情；第三幕是法国行，主角找回原本的自己。”

“很好，你掌握到了关键。重点是角色状态的转变，就像我们之前讨论的故事曲线一样，三幕其实就是三个故事曲线，而曲线的发生，重点在转变。所以我们从故事的大转折点，就可以切出幕的位置。”老师很满意我这三个月的成长，“那在一幕之中，也同样可以再切出比较小的段落。以《王牌特工》为例，开头介绍哈里与埃格西家庭的渊源，便是一个段落；雪山兰斯洛特遇害，金士曼展开调查是一个段落；埃格西的家庭情况、酒吧偷车、飞车被抓是一个段落；在警局被救是一个段落；在酒吧哈里显身手、回家埃格西口风紧、金士曼裁缝店的介绍是一个段落。”

对于段落的分法我感到有点模糊：“这也是用角色状态的改变去分的？”

“是的，家中环境、偷车、被抓，是一个从原本生活到被抓的转变；警局被救，是从被抓到被救的转变；酒吧、回家、裁缝店，是从回到原本生活到参与选拔的转变。”

“这样我好像看明白了，所以介绍渊源的段落，又可以分成出任务，在埃格西家中给出勋章，两个场景。写进剧本里时，出任务那个场景，又要再分成户外和室内两个场次。”

“答对了。剧本中只会写场次，从第一场标到最后一场，没有所谓的幕、段落这些概念，这些都是给我们在构思和讨论时使用的。”

“所以，所谓的分场，其实就是把故事大纲，转变成段落和场景的过程？”

“你要这样理解也可以，”老师喝了一碗汤，“更精确地说，分场是把大纲转变成实际可演出内容的过程。”

分场研究

“实际可演出？”

“以你的大纲为例，”老师拿出了我最早写的畅销编剧大纲，“‘一个畅销电影编剧，和知名导演是一对演艺圈人人称羡的情侣档’这句话本身，是没办法演出的，它只是一个描述，演员没办法拿着这句话做表演，除非你把它写成一个具体的场景。例如，拍片现场，编剧坐在导演腿上，两人边拍片边晒恩爱，一旁制片跑来，开心地恭喜编剧另一部作品票房开高走高，已经破亿了。”

“和我想象的不太一样，我想象的是以主角做旁白，配合着画面，一边说明大家羡慕的表面光鲜亮丽的样子，但事实上私底下她的男友却是恐怖情人……”

“很好啊。”虽然与老师说的明显不同，但老师没有否定我的想法。

“这样可以吗？”我感到不安。

“当然，编剧哪有什么写对写错的，我们关心的只有能不能成立、能不能更好。”

“成立？”

“就是合乎逻辑、说得通、能够接受、确实可行的意思。例如你想用旁白来作为这个故事的叙事形式，那这个形式就要从一而终，只要是主角旁白，故事就要是主角观点。如果突然冒出主角不应该知道的情节，那就叫不成立。只要能成立就行，即使不是最好的，但也没有什么不行。”老师开了第二罐麦仔茶，“你安排的与我安排的差异，就是场景设计的课题。”

“也就是说，同样的故事内容，依照编剧不同的想法和设计，可以变成完全不同的场景？”

“是的，就像前面送医不治的例子，其实也是一种设计差异。不同的设计，会创造不同的质感，达到不同的效果。”

“听起来可能性很多，反而不知道该从何开始。”

“这就是我们前面要讨论幕、段落、场景的原因。”老师对自己的导航系统很得意，他真的怎么跑题都是有理由的，“你如果一下子进去分场景，一定会眼花缭乱，所以先从大块着手，再往小处去处理。决定叙事形式、分幕、分段落，最后才进入场景。”

“叙事形式是指要不要旁白？”

“不止，叙事形式大约分成观点和形式两大类。观点就是从谁的角度切入，是全知，还是限于主角，第二主角，还是多主角。这部分可能在大纲阶段就会考虑，也有人是先拟出大纲之后才开始考虑。如果没有特别考虑，观点通常都会在主角身上，但随剧情需要，某些场景会跑到别人身上，例如英雄片中常见某些场景是反派观点，主角并不在场。决定观点之后，如果要用旁白，旁白的声音通常就是选择的观点，有时是单人，有时是多人。有时故事会在中途变换观点，像《消失的爱人》，就同时有男主角和女主角的观点，交互出现。

“形式则是指说故事的方式，对故事的特殊包装。像旁白，有时只是单纯旁白，边说故事边演；有时会把旁白包装成采访或纪录片，我们会看到旁白角色受访的画面。有的故事会包装成日记，有的故事会包装成审问过程，有的故事会故意颠倒着说（如《记忆碎片》），有的故事会打乱时间线（如《敦刻尔克》），有的故事会选择特殊的镜头，好比说一镜到底（如《鸟人》）或是主观镜头（如《硬核亨利》）等，甚至有影片完全只使用特定的素材，如《网络谜踪》全片只使用 3C 产品的画面来说故事。形式的可能性无穷无尽。

“叙事形式多是导演在操作，但编剧在发想剧本时，如果能够有叙事形式的观念，就能发展出更多故事的可能性。一样的大纲，不同的叙事形式，就会有不同的呈现方式，所以在进入幕和段落的时候，就会需要做一些调整。反过来说，如果你一开始就有一种想放进故事里的特殊形式，在写大纲时，也可以考虑先忽略形式，先把完整的故事写出来，再把形式套进去，写起来会比较简单。”

“嗯……之前都没想过，故事原来有这么多种呈现的方式。”

“很正常，刚开始创作都是靠直觉。学习技巧，其实是在建立更多选择的可能。有时一个故事很卡，写起来很不顺，或达不到想要的效果，换了一个观点或形式，就顺畅了。”

“所以依照想要的方式，开始把大纲切小，变成一个一个的段落，再切成场景。但我怎么知道要怎么切比较适合呢？一个段落要切成一个，两个，还是五个场景？”

“遇到数量问题，戏剧的惯例，就是三。”老师比出了 OK 的手势，“无论是大纲、分场还是剧本，故事中‘三’这个数字几乎无所不在。写大纲时有三幕剧，写分场时也有类似的模式，你可以把它想成一个段落中的故事曲线，铺陈、主戏、结果。”

“不是铺陈、放大和反转吗？”

“概念一样，但细节不太一样，所以我替它们取了不同的名字，这样比较容易理解。这个和段落如何切分有关，我往下讲解你就会比较明白。”老师开始讲解把段落变成场景的方法，“主戏的意思，就是段落中最重要的部分。以《王牌特工》为例，交代渊源的开头段落，从整个故事来看，哪个部分最重要？”

“应该是给勋章吧？没有勋章，主角就没有办法加入金士曼。”

“错。”老师摇摇筷子。

“为什么？”我不服气。

“如果只是为了交代勋章的来由，其实就算不把前面的渊源演出来，我们也可以在后面的剧情中，让主角直接交代勋章是小时候一个神秘的叔叔给他的。”

“那不然呢？”

“真正的主戏，其实是埃格西的父亲为了拯救哈里而牺牲，而哈里为这件事情内疚。你会发现这个内疚贯穿了整个故事，不但促使哈里留下勋章，更使哈里对埃格西另眼相看，并且一步一步成为如同埃格西父亲的存在。这个内疚非常重要，如果是以主角交代的方式，就没有办法让哈里有机会表演，让观众亲眼见证，情绪的感染力会有区别。这就是我说的，没有错的分场，但有更好的分场。”老师顿了顿，继续说，“所以前面的任务是铺陈，牺牲是主戏，给勋章是结果。而铺陈和主戏，可以结合成同一个事件，因此这个段落切成了两个场景，一个是中东的任务，一个是埃格西家中。”

“等等等等……”我试着消化，“所以我可以理解成，主戏是我之所以想要这个段落存在的重点？”

“是的。想象一下，如果我们保留中东任务的场景，但删除家中给勋章的场景，把勋章的存在，利用主角讲台词的方式来交代，可不可以？”

“如果完全不演都可以，当然只删家里的部分也可以啊。只是这样哈里表演的空间好像会少一点。”

“那我们把家中的场景，换成哈里回到自己家中，辗转难眠，为内疚所苦，于是亲手做了那个勋章，如何？”

“好像效果不错，还比原版强化了哈里的内疚。但是……”

“但是什么？”

“好像没有交代到埃格西家原本的情况，他们家原本看起来是个幸福的家庭，是因为父亲死了，后来才变得很杂乱。如果少了这一场，好像他们家原本就是贫民窟一样。”

老师挑起眉毛：“你真的进步了，非常敏锐。”

这么明显的赞美，反而让我有点害羞，我抓抓鼻子：“所以原版的分场，算是编剧在种种考虑之下，取舍的结果？”

“是的，所以才会说，分场是最考验编剧功力的阶段，因为既要考虑大框架，又要考虑小细节，无论是决定一个场景长什么样子，或是决定要删除或保留，都会影响整个故事中观众接收到的内容。国外的编剧会利用便利贴来研究分场，每张便利贴上写一个重点，例如‘交代勋章来源’‘刻画主角性格’‘主角联系金士曼’等，再把这些便利贴彼此组合，试着写成场景，如果场景写出来不好，他们可能就会把便利贴打散重组，试着找到新的组合可能。”老师回到段落切分的话题，“但这是一个大工程，华人圈的工作进度比较赶，我会比较倾向用相对取巧的方式，用一张待办清单，结合我刚才说的三分法来操作。”

“待办清单？”

“就是必须交代的信息，像你刚刚说的，主角家原来的样子，这个信息不直接影响故事，但对角色有影响。我会先参考角色小传和故事大纲，整理出一串必须交代的细节信息，做成待办列表，这样我在分场时，就不会漏掉一些该交代的东西。然后我会把段落统统切成铺陈、主戏、结果三个场景，再检查哪几个场景可以合并，哪几个场景可以把列表上的信息放进去。”

“我怎么知道哪几个场景可以合并？”

老师没回答我，却丢给我另一个问题：“我们为什么需要铺陈？”

“为了把事情交代清楚？”

“为什么需要交代清楚？”

“为了让观众了解故事？”

“但像刚才说的，主角家原本就是贫民窟，和他家是因为父亲的死亡才沦落，对故事都没有影响，为什么非交代清楚不可？”

“呃……”问题来来回回，我终于无力招架，“就觉得这样比较对嘛，如果父亲在或不在，主角家都一样破，感觉父亲就不是那么重要了，多奇怪啊。”

“你说对了。”

“咦？”老师夸得我莫名其妙。

“我们之所以要铺陈，一个信息之所以要让观众知道，是因为这样会让故事感觉更好，高潮更强烈，主戏的效果更突出。‘父亲’在《王牌特工》中是一个重要的概念，如果父亲不够重要，故事的情感面就会打折扣。”

“你是说，铺陈是为了让戏变好看？”我试着整理。

“一直都是如此。”老师讲得像是“我怎么会不知道这件事”，“我们从最开始讨论故事曲线时就提过，铺陈是为了让高潮发挥最大的效果。铺陈要交代角色的‘想要’，而‘想要’和阻碍是构成冲突的组合，‘想要’越强，戏剧张力越大。我们也提过，利用铺陈，可以让机械神变成合理的反转。铺陈要让观众认识角色、认识故事、入戏，以上这些不都是为了让戏变好看吗？在这些例子中，如果扣除铺陈，戏不就变得不好看了？”

“你从来就没有‘铺陈’过这些说明，不要讲得理所当然好吗？”

“好吧，你现在知道了。总之，我们之所以要铺陈，不是非要把设定的东西都讲得一清二楚，而是因为主戏需要，所以我们才做。如果某些信息帮不上忙，例如在《王牌特工》中，就算你设定了主角爱喝蓝山咖啡，足球踢的位置是前锋，有一个远房亲戚山姆大叔，都对故事不构成影响，所以有没有交代都无所谓。”

“所以在切分段落时，铺陈是为了让主戏效果更好。那结果呢？”

“结果是明确告诉观众，主戏对角色产生了什么影响，所以大多数的抒情戏，都会放在结果的这个场景中，例如男女主角分手了，这是主戏，下一场通常都是他们走在街头，或是在家里发呆，哭哭哭。少了结果，会让观众不容易理解角色的状态。”看我皱着眉头，老师自己做了个总结，“总之，主戏是段落中最重要的事件，多数是发生变化的部分。铺陈是为了让主戏更好看。结果则是告诉观众主戏带来的影响。”

“那我一定要合并吗？能不能切开，把结果做成两个场景？”

“当然可以。三是一个基本盘，切成三的好处，是让你在分场时，不会漏掉一些该做的事。但如果你把每个段落都切成三段，整个故事会显得很呆板，所以在你希望节奏变快的部分，就把场景、场次精简或缩短；在你希望节奏放慢时，就把场景、场次增加或拉长，这样你的故事节奏就会有变化，变得比较活泼。”

我突然获得一些启发，问了一个离题的问题：“所以在挑战关卡阶段，所谓‘一连串的关卡’，其实也是三个关卡？”

老师笑了笑：“原则上是。无论是立即困境的一路下降也好，或是挑战关卡的一路上升也好，都可以安排成三个段落。重点是第三个通常是变奏的那个，也就是两个下降，第三个会到最惨，接着反弹，或是两个上升，第三个会到高峰，准备下降。故事会加速，后段比前段紧凑，所以潜在问题和最终挑战也可以做类似的规划，但通常节奏上要比前段更快。不过这一切都只是原则，不是绝对，还是要看故事的内容。节奏快会吸引观众目光，但情绪感染力比较弱；节奏慢则相反，观众会比较容易感到无聊，但这样情绪感染力比较强。”

这简直是个魔法数字，我在笔记本上画了一个大大的“3”，还替它加上许多星星。

场景的元素

“了解完切分的问题，我们要来谈谈场景内容的问题。”老师看我似乎没有问题了，就继续往下，“场景的可能性千变万化，没有对错，重点是能不能达到效果。我只提供一些考虑的准则和思考的元素。首先，每个场景都是一部小戏，有一条故事曲线和自己的变化、冲突、焦点。这部分你先记下来，我们在之后讲台词时，再详细说明。”

“每个场景，都是一部小戏。”我复诵。

“场景是由时间、地点、情境和人组成的事件，所以在思考时，这四个元素都应该列入其中。有时仅仅是变更其中一个选项，场景就会产生巨大的变化。”

超级抽象的。

“举例来说，如果一顿高级餐厅的浪漫烛光晚餐，把时间改到中午，还会一样浪漫吗？”

我摇头，还有点想吐槽那应该叫烛光午餐。

“我们如果把地点从高级餐厅，移到家中的餐桌，海边，路边的小吃店，他们会说的话，过程中会发生的事，还会一样吗？”

“这就是时间和地点对场景设计的影响。”我觉得在小吃店里的烛光晚餐，莫名地更有真诚可爱的甜蜜感。

“这顿晚餐，可以是为了庆生、求婚或是借钱；同样的浪漫晚餐，在不同的情境下，也会变成不同的场景，但这些差异，并不会真的影响你原来的故事。”

“不影响故事？”我不太理解，这几件事明明就差别巨大。

“你的这个段落，很可能是要让男生向女生提分手。有的人在设计场景时，会安排他们像往常一样在咖啡厅里约会，女生感觉男生怪怪的，女生关心，男生提出分手。这样设计很正常，却显得很无趣。如果我们改成浪漫晚餐这个‘应该要特别甜蜜’的情境，就会强化这个分手场景。”

“啊我懂了，在不影响整个故事大纲的情况下，可以找不同的理由，来做更有效果的场景。女生订了烛光晚餐想庆生，男生却提分手，甚至女生订了烛光晚餐其实是想主动求婚，居然……天哪，太惨了。”

“最后就是人，在这个场景中，前女友在不在场，父母在不在场，突然闯进了一个歹徒……角色不同了，能说的话，会发生的互动，也会变得不同。所以我们在设计场景时，借由这四个方向，可以找到不同可能性的场景。”

“但这和段落切分一样，可能性太多，怎么知道怎样选比较好呢？”

“几个原则。第一，自然连贯的会比较好。虽然情境可以随时自定义，但如果每个场景都抓一个情境，故事会显得有点断裂。有一些知名的作品本身虽然很获好评，但这个断裂的情况很明显，《让子弹飞》就是一个鲜明的例子，它的每个场景都很有意思，但连贯性也显得很弱，观众经常会有一种‘不确定演到哪里了，情境跳来跳去’的感觉。

“第二，功能越多越好。理想上，一个场景应该能同时达成两个以上的任务，例如同时推动剧情，同时展现角色性格，同时又能交代角色关系，这就是多个功能。像《穿普拉达的女王》的第一场，女主角去面试，整个场景让每个角色都亮了相，还推动了剧情，就是一个丰富的场景。

“第三，复杂的情境胜过单纯的情境。以刚才分手的场景为例，日常的约会被提分手，是一个比较单纯的情境；在求婚时被提，就比较复杂。对一个人又爱又恨，想说某件事却没办法说，悲伤的时候却必须笑，同时面对多个难题……这些都是复杂的情境。

“第四，压力越大越好。情境带给角色的压力越大，场景会显得越精彩。可能是环境的压力，例如私下承认错误和在公开场合承认错误，公开场合的压力更大；也可能是时间上的压力，或是风险承担的压力，同样是要拆炸弹，爆了是死一个陌生人，还是会死一百个？是只有自己死，还是会有家人陪葬？

“第五，考虑场景的视觉。一段长篇的对话，两个人在房间里坐着聊，不如他们边走边聊，前者的视觉是呆板的，后者的视觉是流动、丰富的；而要表现角色郁闷的心境时，封闭、拥挤的视觉比开阔的更适合，所以地点可能会选择狭窄的房间，而不是一望无际的草原。

“第六，考虑场景的变化。如果连续好几个场景都是紧张的，观众容易疲乏、失去紧张感。这就好像把手放在热水里久了，对热度就会不敏感，但反过来，对冰冷的敏感度就会提高。所以常将快的场景与慢的穿插，紧的与松的穿插，人多的与人少的穿插，悲伤的与快乐的穿插，公众的与私人的穿插，主线与副线穿插，白天与黑夜穿插……在设计上，也要因为与前后场景的配合做调整。

“第七，考虑表演可能的设计。你设计了什么环境，在写对白和设计动作时，就会受限于那个环境。安排角色在家里客厅对话，和安排他们在马路上一边骑车一边对话，能够做的表演是完全不同的。在小巷里的对战，和湖心木桩上的对战，和道场里的对战，能够做的表演是不同的。”

越说越复杂了……老师说的每一件东西都很有道理，但要考虑的事越来越多时，我却开始感觉越来越不知所措。

老师看穿了我的焦虑：“剧本是改出来的。而且也没有要求每个场景都要符合所有这些要求，先用直觉切出段落，分出场景，之后再慢慢修改。我们如果真的要完成最终的四十到六十个场景，实际写过的可能有超过一百个，这是反复修正调整的结果。你现在还没学到怎么写对白，有些东西还有点模糊，之后会越来越清楚。总之，把场景切出来，先把决定好的部分写成大纲，像这样。”

老师将前面《王牌特工》的例子，写成大纲。

3. 内景　埃格西家客厅　夜[3]

哈里带来埃格西父亲的死讯，并且留下勋章，表明如果未来埃格西家中有任何需要协助之处，透过勋章背后的电话，并讲出暗语，便可联系到他。

“像这样，写出场景的信息、需要交代的线索、实际发生的事等，作为之后填写对白、设计动作的依据，就得到了这个场景的大纲。从头到尾写完，就是所谓的分场大纲，类似这样。”

1. 外　恐怖分子基地　日

埃格西父亲与哈里一同执行任务，埃格西父亲牺牲，救了哈里。

2. 内　埃格西家客厅　夜

哈里带来埃格西父亲的死讯，并且留下勋章，表明如果未来埃格西家中有任何需要协助之处，透过勋章背后的电话，并讲出暗语，便可联系到他。

3.外　雪山别墅　日

金士曼特工兰斯洛特前往营救阿诺德教授，却遭瓦伦丁所杀。

4.内　金士曼裁缝店　日

哈里得知兰斯洛特的死讯，前往金士曼的据点裁缝店听取简报，并且接下了兰斯洛特未完成的任务，追查阿诺德教授绑架之谜与背后的阴谋。亚瑟宣布要征选新的金士曼特工接替兰斯洛特，他与哈里因为对于人选出身、背景的价值观差异发生争执。

5.内　埃格西家　夜

埃格西的母亲因丈夫的死而堕落，一个流氓成了埃格西的继父，他们给埃格西生了一个妹妹。埃格西被继父羞辱，他气愤委屈，却无力反抗。

6.内　黑王子酒吧　夜

埃格西与朋友惹上继父的小弟们，埃格西假意服从，实际上偷走了小弟的车钥匙。

7.外　伦敦街头　夜

埃格西开着偷来的车，与警方发生追逐，最后失事落网。他讲义气地要朋友逃走，自己留下承担责任。

8.内　警察局　日

埃格西被告知即将入狱，决定打勋章背后的电话求助。成功获救的他，与哈里会面。

“记住，大纲中应该都是具体可表演的内容，应该有事件，有角色做的事情与互动，不能只是对状况的描述，例如：他的单调日常。到了分场这个阶段，就要确保设定的内容都变成演出。前面提过的抄剧本练习，也可以只抄分场大纲，这样就可以看到别人是怎么分场的，从中学习。这种以作品为师的能力非常重要，初学者需要多看，而且是以学习的心态去看，不是走马看花。”

老师的麦仔茶，不知不觉已经来到第五罐了。在连续三个月磨炼大纲的课程后，再度吸收如此暴量的信息，我确实有一点点吃不消。

“最后，我们谈一下场景的顺序。”

“还有啊？”我感觉头顶已经在冒烟了。

场景的顺序

“场景顺序的概念很单纯，虽然有各种变化，但原则其实你在学故事曲线时应该都知道了，只是依过去的经验，你似乎不懂得活用，所以要做一点提醒。”

“是是是……”

“整部作品是一个巨大的故事曲线，整体是一个放大的过程，也就是说，在设计场景时，戏剧张力越大、角色风险越大、场景越盛大的，应该越往后放。这也是为什么我说，场景设计虽然有原则，但不是每个场景都要做到最高标准，如果每个场景都很强烈，那作品就会失去层次，反而变得单调。但这个排序，又不仅仅只是单纯地最小排前面，最大排后面。”

又要从小排到大，又不要单纯地从小排到大？

“用图来了解应该会比较清楚。”老师画了一个熟悉的图，并且圈出了几个位置。（见图 13）

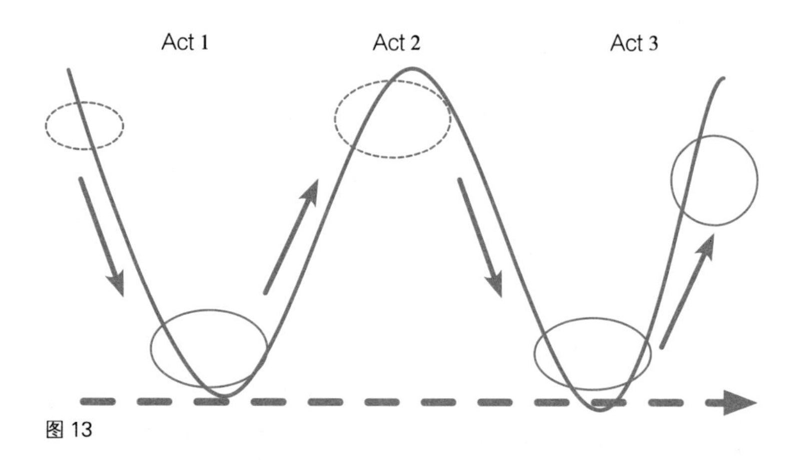

图 13

“打圈的地方，都是戏剧张力较大的高潮点。一般而言，三幕剧的每一幕都会有一个高潮，也就是图上实线圈的地方，这是剧情的重要转折点，也是主角内在的重要转变点。但因为第二幕比较长，所以其实中间通常也会有一个高潮点，大约是在影片一半的地方，差不多和 W 型结构的挑战关卡最后一事件与收获战果重合的位置，也就是虚线打圈地方。另外，因为很多人会习惯在开场做一个较大的场面来吸引观众目光，所以开头也有一个虚线圈起来的高潮点，有时甚至会利用倒叙法，把后面某个高潮点的场景，预先搬到这个位置。

“高潮点就是故事曲线反转的位置，因此以每个高潮点为目标，前面都会有一个放大的空间，也就是箭头标示的地方。你可以把这四个箭头，想象成是主角成长的四个阶段，每次剧情往高潮点推，其实就是在利用情节去改变主角的信念，像《穿普拉达的女王》，四个阶段就是‘不接受时尚’‘接受时尚’‘失去自我’‘寻回自我’，你会发现剧情也是跟着这几个阶段在走的。

“虚线箭头代表的是整部戏本身也会有一个整体的放大，最大的事件放在最后面，角色承担的风险和投入的努力，也随着过程一路放大。所以才会说，整体是由小到大，但又不是单纯地由小到大。”

老师停了停，继续补充：“还有一个分场上的特殊规则，那就是‘第一场’。”

“第一场？”

“第一印象是很重要的，无论是故事或主要角色，都应该有一个‘对的亮相’，帮助观众理解故事和角色。所以在分场上，第一场应该能替整部作品定调，并且与作品题材有关。例如特工片的第一场，大多是特工在执行任务；如果题材是打篮球，第一场就应该和篮球有关。所以像《盗梦空间》的第一场，是海边（主角的最深层梦境）、嬉戏的孩子（主角的目标）、豪宅中的老人与他谈论梦的话题（这场其实是高潮戏，他到梦境更深处，去找极度老化的斋藤）。有人把这样的分场法称为序场，你会发现再下一场，编剧安排了梦境里的任务，也是符合‘与题材有关’的原则。在原则上，也会希望主要角色尽早出现（通常就是第一场），并且在初登场的场次中，就留下编剧希望观众接收到的角色形象。”

“啊，所以我一登场，就是一身狼狈的蠢样……”我想起了这本书的第一场，一个狼狈的傻妹闯入编剧讲座，吓坏编剧老师，老师反过来严肃地把傻妹逼哭……还真像是整个故事的缩影啊。

“这样，对场景顺序有初步的理解了吧？”

“我总觉得本来会的东西，被你说完，我反而不会了。”

“讲归纳了大多数故事的理论都会觉得很难，但放进单一故事里，因为有具体逻辑，就会变得比较单纯。你只要照着我们之前教过的东西去架构故事，会发现自然而然就符合理论，但越到细节处，越容易冒出一些古怪的、偏题的、不知道怎么解决的地方，这时再参考理论，会比较清楚状况出在哪里。这周的作业，你回去将之前的大纲，发展成分场大纲。实际做过一遍，就会明白我的意思了。”

老师的眼神语气，始终是理所当然的。无论我觉得他提的要求是多么艰难，他从不认为我无法达成。他总是把这句话挂在嘴上：他没有比我优秀，只是比我熟练。而事实也证明了，当下我觉得再不可能的任务，只要我开始去挑战，总会在三次五次失败后，渐渐写出一些像样的东西，虽然不完美，但再也不是“不可能”了。

“看来，又要再练三个月了。”我翻着今天做的笔记，吐了口大气。虽然疲累，却跃跃欲试。任何一个小细节都带来巨大的影响，每个设计都有它的含义，编剧真的好有意思啊。

在老师结账时，我向他致谢，他以为我谢的是请吃饭这件事，但我是因为他为我放弃案子的事，总觉得有点内疚。

“喔，那个啊，也没什么。”老师耸耸肩，“反正影视的案子来来去去，能走到最后的，十件也不见得有一件。更何况，你也知道我不缺案子。”

“是什么样的案子啊？”我好奇。

“嗯……怎么说呢？”老师边说边往门外走，我跟在一旁，“算是以前的一个梦想吧。”

“梦想？”我突然有点不安，“那不是很可惜吗？”

“我早就死心了。”老师没有回头，径自没入夜色之中，“还记得吗，编剧是一份没有梦想的工作。”

真的吗？我们真的可以不靠梦想，就这样一直写下去吗？

当时的我，完全没有想到，这个问题的答案，居然会带来我最害怕的结果。

注 释

1 字幕，或称“字卡”，不是指角色对白的字幕，而是出现在画面中的文字。

2 这是标准的写法，意指“Voice Over”，即“声音盖过画面”。一般坊间常说的“内心 OS”，“OS”其实是另一个意思。因为“OS”是两个词的缩写，一个是“Overlapping Sound”，即“声音重叠”，与 VO 是同一个意思；另一个是“Off Screen”，即“画外音”，意指在同一个时空中，画面外的声音，例如背后有人叫你的名字。为了能区分，现在习惯上是用“VO”来表示旁白或内心 OS，用“OS”表示画外音。但在华文世界的使用没有这么严谨，所以大家都混用。站在“看懂就好”的立场，你写“OS”，大家也都看得懂。但写“VO”，会显得比较专业。

3 此处是简化之前的剧本，因此标示的是场次 3，下面的分场大纲因为是场景（第一个场景写进剧本后，共有两个场次），所以标示的是场景 2。因此虽然是同一场，但标示不同，为免混淆特此说明，实际在写剧本时不需深究。

第八章

没说出口的话

每个场景都是部小戏

“上周在讲场景设计时，有些东西我要你先记下来，今天我们就要继续。我们来谈一下对白和动作的设计。”一周的时间很快过去，我和老师又在热炒店相遇。

“你怎么啦？看起来心不在焉。”

“有……有吗？”我从思绪中回神。

“眼睛看起来有点浮肿，没睡好？”老师面无表情地关心。

“因为分场的作业有点难，多花了一点时间……”我挤出笑容，“上课吧。”

老师似乎看出我在隐瞒些事情，但他只是沉默了几秒，便继续课程：“大纲、分场、对白，这三件事相互影响，虽然在流程上，我们是从大纲写到对白，但很多时候，我们也会为了写出特定的对白，回头去修改分场甚至大纲。所以熟练的创作者在写大纲时，其实同时就会考虑分场；在分场时，也会考虑对白和动作。所以虽然你对分场还不熟，但我们还是先继续往下理解清楚，这样练起来会比较有感觉。”

“嗯。”我开始做笔记。

“我们先谈怎么架构一个场景。这是《盗梦空间》里的一个段落，由三个场景组成，我在上面标注了这些场景的转折点。”

1.外　大楼屋顶　夜

△ 科布和亚瑟登上顶楼，准备搭直升机离开。

亚瑟：你要去哪里?

科布：布宜诺斯艾利斯，先躲一阵子，等风声没那么紧再找工作，你呢?

亚瑟：我要回美国。

科布：替我向你家人问好。

△　直升机门开启，斋藤居然坐在里面。坐在斋藤对面、被绑着的是科布上次任务的伙伴。

斋藤：他出卖了你，为了活命跑来找我。我给你一个报仇的机会。

△ 斋藤递给科布一把枪。

科布：我不是那种人。

△　斋藤听懂了，敲了敲窗户。一名男子将科布的伙伴拖下直升机。

△ 斋藤用手势示意他们上直升机。

△ 透过窗户，科布看到被拖走的伙伴无力绝望地挣扎。

科布：你打算对他做什么?

斋藤：不做什么。但我不知道康布科技会怎么做。

△ 两人交换一个不安的眼神。

△ 直升机驶向城市的夜空。

2. 内　直升机舱　夜

科布：你要我们做什么？

斋藤：植入想法。有这个可能吗？

亚瑟：当然没有。

斋藤：你们能从人的大脑偷走想法，为什么不能植入想法？

亚瑟：我现在就可以在你脑中植入想法。我说“别去想大象”，你会想到什么？

斋藤：大象。

亚瑟：对，但这不是你的想法，你知道这想法是我给你的。对象一定能追溯到想法的源头，真正的想法是无法造假的。

科布：不一定。

△ 两人感到意外。

斋藤：你能做到吗？

科布：我可以选择吗？我可以自己对付康布科技。

斋藤：那代表你有选择。

科布：我选择离开。

3.外　飞机停机场　夜

△ 直升机降落，远处有一架喷气式飞机。

斋藤：直接告诉驾驶员你要去哪里。

△ 两人下直升机，走往喷气式飞机。

斋藤：科布先生，你想不想回家？回美国，回你孩子身边？

科布：你办不到，谁都办不到。

斋藤：就像植入想法一样。

亚瑟：科布，走了。

△ 科布考虑，走向斋藤。

科布：你要植入的想法有多复杂？

斋藤：很简单。

科布：想植入别人脑里的想法绝对不简单。

斋藤：我的对手是个濒临死亡的老人，他儿子很快就会接掌公司。我需要他下令解散他父亲的公司。

亚瑟：科布，别蹚浑水。

科布：（对亚瑟）等一下。（对斋藤）如果我要做，如果我真的要做，我需要保证。我怎么知道你能让我回家？

斋藤：你无法知道，但我就是可以。你想冒这个险吗，还是想等你变成老头，在后悔和孤独中等死？

△ 科布考虑，最后点头。

斋藤：开始组队。这次选得小心一点。

△ 斋藤关上门，直升机起飞离去。

“看得出来转折点指的是什么吗？”老师提问。

“呃……看起来是发生变化的地方。”

“是的。以故事曲线来理解，转折点就是反转的部分。故事原本走向某个地方，一个情况、一句话、一个决定，使故事转了方向。还记得我说过每个场景都是一部小戏吗？就像高潮是我们写戏的焦点一样，场景的焦点，就是转折点，同时也常是一个场景存在的原因。”

“存在的原因？”

“就是你非写这个场景不可的理由。无论是为了表现角色性格、推动故事或是揭开秘密，你之所以要写这个场景，一定是为了让它发挥某个功能。如果没有，那就应该删掉。”

我试着回到范例上去理解：“这整个段落，是为了让科布接受斋藤的任务，场景 1 是为了让他们遇上，场景 2 是为了交代植入想法的难度，场景 3 是为了让他接受任务。”

“不错的理解。”老师点点头，“原本在这三个场景前，斋藤是他们的目标，但他们任务失败了，准备要逃亡，经由这个段落，他们化敌为友，成了伙伴关系。还记得我们在故事曲线中提过的吗？第二幕最后要……”

“让观众相信相反的事。所以最后会接受任务，在第二个场景，科布拒绝了这个任务。”

“是的，所以你会发现，我们学过的东西，其实都是给我们布局的灵感。我们可以让斋藤来敲主角的房门，直接委托任务，但这样效果不好。既然最后要化敌为友，那就先从敌人开始做这个段落，让斋藤带着一个伙伴出现，创造危机感。这就是场景中‘人’的选择。在场景 1 里，先让他们闲聊逃亡之后的规划，创造顺利逃亡的气氛，然后斋藤出现，气氛转为紧张；场景 2，斋藤丢出一个问题——植入想法可行吗？借由他与亚瑟的问答，创造出‘不可行’的氛围，再由科布一句‘不一定’扭转；场景 3，原以为科布拒绝了，斋藤却提出了回家的可能性，科布在三拍的来回后，答应任务。”

“三拍？”

“对，在对话上，一个来回算一拍。这同样是个基础架构，不是铁律，但在剧本中非常常见。我标给你看。”老师在范例上标示拍子。

1.外　大楼屋顶　夜

△ 科布和亚瑟登上顶楼，准备搭直升机离开。

亚瑟：你要去哪里？

科布：布宜诺斯艾利斯，先躲一阵子，等风声没那么紧再找工作，你呢？（第1拍）

亚瑟：我要回美国。

科布：替我向你家人问好。（第2拍）

△　直升机门开启，斋藤居然坐在里面。坐在斋藤对面、被绑着的是科布上次任务的伙伴。（第3拍，变奏）

斋藤：他出卖了你，为了活命跑来找我。我给你一个报仇的机会。

△ 斋藤递给科布一把枪。

科布：我不是那种人。

△　斋藤听懂了，敲了敲窗户。一名男子将科布的伙伴拖下直升机。

△ 斋藤用手势示意他们上直升机。

△ 透过窗户，科布看到被拖走的伙伴无力绝望地挣扎。

科布：你打算对他做什么？

斋藤：不做什么。但我不知道康布科技会怎么做。

△ 两人交换一个不安的眼神。

△ 直升机驶向城市的夜空。

2.内 直升机舱 夜

科布：你要我们做什么？

斋藤：植入想法。有这个可能吗？

亚瑟：当然没有。（第 1 拍）

斋藤：你们能从人的大脑偷走想法，为什么不能植入想法？

亚瑟：我现在就可以在你脑中植入想法。我说“别去想大象”，你会想到什么？

斋藤：大象。（第 2 拍）

亚瑟：对，但这不是你的想法，你知道这想法是我给你的。对象一定能追溯到想法的源头，真正的想法是无法造假的。

科布：不一定。（第 3 拍，变奏）

△ 两人感到意外。

斋藤：你能做到吗？

科布：我可以选择吗？我可以自己对付康布科技。

斋藤：那代表你有选择。

科布：我选择离开。

3.外 飞机停机场 夜

△ 直升机降落，远处有一架喷气式飞机。

斋藤：直接告诉驾驶员你要去哪里。

△ 两人下直升机，走往喷气式飞机。

斋藤：科布先生，你想不想回家？回美国，回你孩子身边？

科布：你办不到，谁都办不到。

斋藤：就像植入想法一样。

亚瑟：科布，走了。

△ 科布考虑，走向斋藤。

科布：你要植入的想法有多复杂？（第 1 次考虑）

斋藤：很简单。

科布：想植入别人脑里的想法绝对不简单。

斋藤：我的对手是个濒临死亡的老人，他儿子很快就会接掌公司。我需要他下令解散他父亲的公司。

亚瑟：科布，别蹚浑水。

科布：（对亚瑟）等一下。（对斋藤）如果我要做，如果我真的要做，我需要保证。我怎么知道你能让我回家？（第 2 次考虑）

斋藤：你无法知道，但我就是可以。你想冒这个险吗，还是想等你变成老头，在后悔和孤独中等死？

△ 科布考虑，最后点头。（第 3 拍，变奏）

斋藤：开始组队。这次选得小心一点。

△ 斋藤关上门，直升机起飞离去。

“真的耶，三拍无所不在。”我再次感受到这个魔法数字的神奇。

“这个教法，是从技术的角度来讨论场景的写法，但剧本不会只有技术，里面的角色是活的，我们同时也要从角色的角度来考虑场景怎么写。就像我们之前说的，一部戏是由角色的‘想要’来推动的，在一个场景中也是一样。整部戏的‘想要’和一个场景的‘想要’，是一个像这样子的关系。(见图 14)

“最核心的部分，是与故事主旨相关的角色需要。就像《穿普拉达的女王》，主角最终是要替自己做决定，找到自己的价值，只要主角完成了这件事，故事基本上就结束了，但这件事主角是不自觉的，她并不知道这才是最核心的。她在剧中，是被中间这个每阶段的‘想要’所引导。她一开始，是想找个将就的工作，接下来她决定不要被米兰达打败，再来她想要拯救米兰达，最后她想要找回自己的人生。为了完成这些阶段的‘想要’，在每个场景

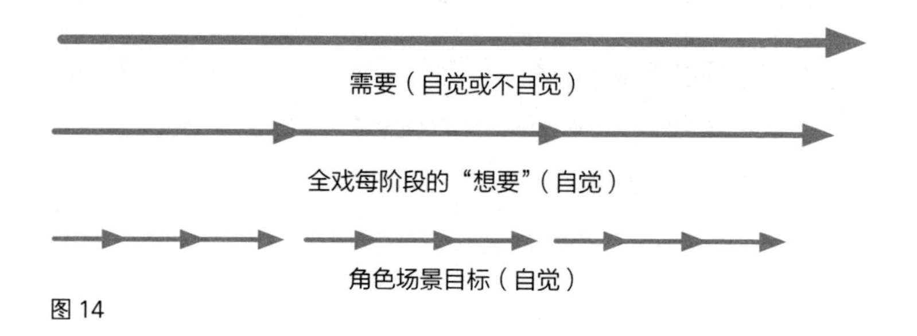

图 14

之中，又会再有场景目标，也就是每个场景里本身的‘想要’，她要通过面试、买到咖啡、叫到喷气式飞机、拿到《哈利·波特》的原稿……这样一层一层，需要影响‘想要’，‘想要’影响场景目标。”

“为什么要弄得这么复杂？”我有点晕头转向。

“因为真实人生就是这么复杂。”老师指着我，“就像你，你为什么会乖乖坐在这里听这些让你头大的东西，而不是去唱歌、打游戏或是到深山里打坐？因为你想理解场景怎么设计，对白怎么写。但你为什么想理解？因为你想当编剧。为什么你想当编剧？因为你觉得当编剧，能够实现你生命中的渴望。一个生命中的渴望是成为光剑铸造师的人，是不会坐在这里听课的。你老爸当时坐下来，是因为他爱他的女儿，他想知道他女儿的老师是不是足够可靠。所以你看，同样坐在热炒店里上编剧课的两个人，可以抱着完全不同的想法，自然就会产生不同的行为和反应。”

我好像比较理解了。

“从需要、‘想要’去检查，就可以设定合理的场景目标，让一个光剑铸造师、一个工程师坐下来听编剧课，可见我们可以让任何人，出现在任何场景中，做任何事，只要我们给他设定对的内在、对的理由。所以写一个场景，要去关心角色的动机：他为什么会出现在这？为什么会做这件事？为什么会说这句话？这是对白和动作设计的基础。”

“也就是说，每个角色会出现在场景中，一定有他的理由？”

“对，因为剧情需要、效果需要这些‘编剧的理由’，我们常‘被迫’让一个角色出现在场景中。但光有‘编剧的理由’是不够的，要有‘他’的理由，也就是角色自己的理由。”

“啊，之前在谈戏的外部和内部时，好像讨论过这件事。”

“所以才说，一个场景就像一部小戏啊。所有我们在大方向上谈过的东西，在场景当中也一样适用，甚至有时一个场景很大时，也会考虑到分场和支线的问题。”

“场景里的分场和支线？”

“以《王牌特工》中，亚瑟在裁缝店宣布要选拔新任兰斯洛特的那个场景为例，这个场景同时处理了选拔、任务、哈里与亚瑟在金士曼资格认定上意见的不合三件事。而实际上，这三件事并没有被混在一起，而是有次序地出现：先以敬酒开场，追思兰斯洛特，宣布选拔；梅林出现，开始简报兰斯洛特的死因，交代任务；哈里离开前，与亚瑟一言不合，带出两人价值观的落差。同样的概念在《穿普拉达的女王》开场也存在：首先让埃米莉面试主角，带出主角和埃米莉的性格；再来米兰达亮相，引起办公室骚动，突显她的性格；最后，米兰达面试主角，交代主角背景和性格，并且让主角通过面试，推动剧情。这几件事虽然都在同一个场景中，但其实又可以区隔成不同的小场景。”

“那支线是怎么回事？”

“一般场景的架构，就像前面《盗梦空间》的例子，可以看出故事曲线铺陈、放大、反转的轨迹。但有些场景，先天上特别难做这个轨迹，有时就会利用支线的技巧。例如《穿普拉达的女王》中，主角被米兰达要求去找《哈利·波特》未出版原稿的场景，就是特别难做的一个场景，困难的地方在于，主角在铺陈时就绝望了。”

“这样为什么难做？”

“因为做不出故事曲线啊。主角一开始被要求找原稿，不知所措，完全不知道可以从何下手。编剧给她唯一的救命绳，就是她的偶像作家，她马上打电话给他，任务就解决了，那场景也结束了。发现没？这是一个平平的场景，没有层次，没有起伏。”

“确实，是一个好没危机感的危机。”

“你有印象实际上编剧是怎么写那个场景的吗？”

“嗯……她被告知要找原稿，不知所措，接着又被要求在十五分钟内，买一块牛排给米兰达当午餐。她冲出去买牛排，在等待过程中，看见路上偶像新书的广告，于是打电话去求救，但作家告诉她，这是不可能的。她带着牛排冲回办公室，米兰达却装傻说她没有要吃这个，主角气得将牛排扔掉，打电话给男朋友说她打算辞职。就在此时，她接到作家打来的电话，他透过朋友的朋友，成功拿到了原稿的备份，主角顺利解决任务，让米兰达另眼相看。”

“发现支线了吗？”

“你是说……牛排？”

“是的，牛排是一个巧妙的安排，它摆明不会写进大纲里，对故事也没有任何影响，但在这个场景中，却起到了关键作用。我们说过，绝望有两种，一种是离‘想要’最远，一种是最近却失败，《哈利·波特》是前者，牛排就是后者。编剧利用牛排做了一个故事曲线，让主角可以先为牛排努力，却在完成任务后失望，创造出绝望。牛排的支线也让主角与作家的电话可以切成两通，因为观众很可能第一时间就想到解决办法是作家，他是唯一和出版社有关的角色；透过第一通电话，让观众以为此路不通，用牛排支线做出时间差，产生反转，是一个很聪明的设计。”

“这就像之前说的，当主线有所不足时，可以利用支线。”

“是的，所有你学过的故事技巧，都可以用在架构场景上。我做个简单的总整理。首先，我们完成了分场大纲，找到这个场景主要的内容，如果信息量太大，就试着把它拆分成大场景中的多个小场景。再来，考虑冲突，找到角色在场景中的目标，替他寻找对立面。第三，做出故事曲线，一个简单的操作，就是让场景用相反的方式开头，最后要顺利，开头便不顺利，最后要伤心，开头就先开心，然后一路推动到转折点。你可以回头看看前面的一些范例，无论是《王牌特工》或是《盗梦空间》的场景，都符合这个结构。”

“但如果一个场景的目的，只是为了铺陈交代一些信息呢？例如《王牌特工》那场宣布选拔的戏，好像就没有那么明显的转折点和剧情推动。像《穿普拉达的女王》面试完之后，和朋友喝酒的场景，好像也是铺陈为主，看不出转折点。”我提出反例，试着弄清其中的差异。

“这是个好问题。理想上，每个场景都应该有冲突和变化，但实际上要做到百分之百，确实有难度。我们要解决铺陈、过场、逻辑上需要交代但实际上没什么戏之类的场景，想要它变得比较好看，不拖累整部作品，基本上是四个原则。

“第一，放入冲突。与其他有冲突的场景合并，或是创造新的冲突，有冲突才有戏。例如《王牌特工》给勋章的场景，它在功能上，其实也是一个信息交代场，如果哈里给了埃格西母亲勋章，母亲就收下，或他第一时间就把勋章交给埃格西，那这个场景就没有戏。放入冲突的意思，是我们找到角色的‘想要’——哈里想要弥补自己犯的错——并且给予阻碍。所以编剧安排母亲拒绝了勋章，哈里只好转往埃格西。你刚才提到的选拔场中，也是加入了哈里、亚瑟两人价值观的冲突。

“第二，增加趣味度。有趣的对话、行为、设定，或是视觉上的奇观，在没有冲突的情况下，也可以增强场景的吸引力。《王牌特工》刚才的选拔场，在敬酒时，并不是所有人都在场，而是透过眼镜的立体投影，全员参与，这便是一种趣味化的安排。中段哈里与瓦伦丁的王见王，编剧安排他们吃麦当劳，也是一种趣味化的设计。他们的谈话本身，其实没有提供太多信息，这就是逻辑上必须交代，但实际上没什么戏的场景。这场景真正推动剧情的，是他们会面后各自掌握的新线索，所以你不能删掉这个场景，但会面本身是没有什么戏的，于是编剧利用巨无霸汉堡，以及哈里讲反派好话、瓦伦丁讲特工好话的矛盾，创造趣味性。《盗梦空间》中，经典的都市卷曲场景，也是在讲解梦境原理时提供的奇观。

“第三，精简。让没有戏却不得不存在的场景，越短越好。

“第四，切碎。把复杂的、大量的铺陈切碎，分成多次交代。《盗梦空间》中关于梦境的设定庞大而复杂，主角科布身上带的陀螺的功能，要解释也很复杂，但编剧并没有一口气把这些交代完，而是从开场开始，一点一点，有耐性地将这些内容切碎，合并进其他场景中，这样观众在观赏剧情的同时，就能一点一点消化吸收这些概念，又不会觉得乏味。

“尽管如此，铺陈场景本身还是要有反转存在，看起来才会有戏剧感。在你刚才说的《穿普拉达的女王》朋友喝酒场中，编剧用了趣味化的技巧，并且设计了一个介绍工作的反转，让所有人都不满意自己的工作，只有一个人说他在做梦想中的工作——但很抱歉，其实他的工作也一样没劲。《王牌特工》中的选拔场，三个区块之间的话题转换，其实就是转折点。或许我换个说法，你会更容易厘清转折点的概念。每个场景都有一个目的、一个重点，而这个重点如果放在故事曲线反转的这个位置，效果最好、最明显，所以我们这样安排。我们之所以要做故事曲线，也是因为这样戏剧效果最好。但如果做不出来，也不是什么大问题。就好比选拔场最后，哈里最后的点题：‘权贵不会永远是权贵’。以逻辑来看，他说的就算是‘不和你争了，时间会证明一切’，场景结束，其实也成立。但因为场景结尾的最后一句，也是最明显的地方，如果只是为结束而结束，有点可惜，所以编剧安排了一句点出全剧重点的台词。或反过来说，编剧就是想写那句台词，那理想上我们做一个转折点把它放上去，如果做不出来呢？那就放结尾吧，也一样有强调的效果。”

我消化咀嚼着老师翻来覆去的讲解，发现老师常常强调一个观点：规则的背后有原理，我们应该去了解、利用那个原理，而不是被规则束缚。他总是说，不知道怎么写时，你可以照这个规则这样这样，但如果有个东西你很想写，那反过来你也可以那样那样来符合规则。如果做不到呢？那看有没有能达成效果的替代方案，如果想不到，就先这样吧，即使是名作，也有不足之处，像《摔跤吧！爸爸》，就犯了老师说的观点问题，旁白是从表哥出发的，剧情却不是表哥的观点，但因为其他的部分操作得够好，瑕不掩瑜。而且其实一般观众根本不会留意这个失误，除非是拿去投奖，评审才可能挑毛病。

“讲完了架构，接下来就是对白与动作设计了。”老师今天点了一个神奇的东西，是雪花冰。虽然已经六月，天气越来越热，但热炒店里为什么会有雪花冰？即使是在热爱混搭风的屏东，这个组合也是很罕见。

又把麦仔茶当水喝，又在大餐后吃雪花冰，这样还不发胖，所以当编剧可以减肥吗？我捏捏自己腰侧的肥肉，感慨自己似乎还不够努力。

“老师，你是不是很爱吃甜食啊？”

“大脑思考需要热量。”老师答得似是而非。

“喜不喜欢和这个没关系吧。”

“姑且，算是常吃吧。”依然是不直接的回答。

“那……你生活，开心吗？”

“不想上课啦？”

想上课，想一直一直这样上下去。

但更在乎，帮我上着课的你。

或许老师，其实并不快乐。机械化地生产剧本，过着苦行僧一样的生活，而唯一的兴趣嗜好，也成了工作的一部分。人们都说，兴趣能与工作结合，那是最好的，但我在老师身上却看不到这样的迹象。

糖分是一种燃料，会不会除了生理上的意义，同时也是精神上的？

不吃点让自己快乐的东西，无论如何都走不下去了。

“想上，恨不得今天就把所有的东西学完。”我用力地将话挤出口，不让声音听起来哽咽。

“那就别闲聊，专心一点。”老师翻着那只有炼乳没有其他料的冰，“写剧本，要认识两个重要的概念：第一，对白等于动作；第二，潜台词决定台词。”

“两个……都没听懂。什么是潜台词？”我好像听过这个词。

“潜台词就是没说出口的台词，真正的台词。”

台词，潜的比较好

老师的解答就像是在说“凤梨酥就是有菠萝的酥，一种常见的酥”，好像解释了，但其实并没有让人更懂。我只好追问：“那潜台词要怎么写？”

“没办法写。又没说出口，是要写什么？”

“你确定要这样跟我猜谜吗？”他明明知道我听不懂。

“潜台词就是角色真正想表达的，是由场景设计决定的，是设定出来的。”老师努力解释，“它有点像动机，但又不是动机，动机在潜台词前面。”

眼看我的脸因疑惑变得越来越扭曲，老师只好拿出实例：“你看我们之前《盗梦空间》的范例。”

老师指着场景 1 的后半段。

斋藤：他出卖了你，为了活命跑来找我。我给你一个报仇的机会。

△ 斋藤递给科布一把枪。

科布：我不是那种人。

△ 斋藤听懂了，敲了敲窗户。一名男子将科布的伙伴拖下直升机。

“当斋藤说‘我给你一个报仇的机会’时，为什么科布要回答‘我不是那种人’？斋藤听懂了，他又听懂了什么？”

“因为科布看到递给他的枪，知道斋藤想叫他杀了背叛的伙伴，但他不想杀。”

“答对了。可是明明就没写在剧本里，你是怎么知道的？”

我好像理解潜台词的意思了，确实是情境决定的、没写出来的，不能说是动机，但又受动机影响，而且是角色真正的意思。

老师似乎从我的表情中看出我有所体会，他又进一步解说：“那如果我们修改一下剧本，把潜台词写出来，会发生什么事？”

斋藤：他出卖了你，为了活命跑来找我。要不要杀他报仇，你自己决定。

科布：我不想杀。

斋藤：好，那我就自己解决他。（对手下）把他带走。

我看来看去，看不出差异。

老师看我盯着范例不动，要我念出声音来，并且跟着三角形的指示表演。我照做了，开始有点感觉：“好像直接说出来，感觉比较无趣。”

老师点头肯定："是的，这就是有趣的地方，比起直接告诉我们的信息，我们更喜欢自己判断出来的信息，一个是别人告诉我们的，一个是我们感觉到的。在阅读上，没有潜台词的对白，会稍微比有潜台词的对白容易读，因为不太需要想象力的介入，但实际上，拍摄出来的结果，因为有画面和演员表演的辅助，所以反而会觉得没有潜台词的对白有一点无聊，甚至不太自然。"

"这个有点微妙，不实际演、实际念，想象一下拍出来的样子，真的无法理解。"

"这个需要练习，抄剧本会帮到这件事。如果你看过作品，剧本会比较容易读，因为你有现成的画面辅助，但那其实是导演和演员已经诠释过的版本。要练习关掉脑中现成的画面，真的去念过、去表演、去感受，才会更有体会，并且从中寻找自己的诠释。剧本不是小说，剧本是拿来演的。"

"所以编剧应该要学表演？"

"理想上可以学基本的概念，去了解演员在想什么。生活经验丰富的编剧，可以从自身经验去设身处地想象，但如果与人相处的经验比较缺乏，确实可以靠表演课程来加强。但这两者是相辅相成的，毕竟生活经验也能加强表演，而表演的概念可以帮助你在生活中留意更多细节。更进一步说，其实编剧如果能到片场实际去感受一下拍片的情况和流程会更好，因为这样会对自己写出来的东西能不能执行、好不好执行，更有想法。”

“但我不可能有这样的机会啊……”屏东什么都没有。

“没有也没关系。有另一派的说法是，理解太多，反而限制想象。我的个性是知道的越多越好，能用的武器越多越好。但装备越多，可能反而行动不便，就算不知道，也有不知道的优势，所以各有各的好。”

“好喔。”算是被安慰到了。

“我们回到范例，底下‘斋藤用手势示意他们上直升机’，改成‘斋藤：上来。’，你觉得有差别吗？”

“呃……这个好像就没差。”

“这就是我说的，动作等于对白。我们日常生活中，其实有百分之八十以上的沟通，不是透过语言，而是透过表情、肢体、声音、彼此的关系和文化背景知识来传达的，朋友之间，有时只要一个眼神，就知道对方的意思。这些都是演员表演的空间，演员会在读完剧本后，从中去分析这些东西和背后的潜台词，来做出自己的诠释。”

“理解。”这个倒很简单。

“反过来说，对白也等于动作。我们说话，并不真的只是想说话，说话背后会有目的，可能是为了消遣、哀求、威胁、说服、命令、传达情绪……这个目的便是潜台词，所以才说潜台词决定台词，而当潜台词决定了，就算不说话，改成动作，其实也可以。”

“但动作和对白，真的完全一样吗？因为如果整部片都完全不说话，好像有点奇怪，虽然是有哑剧啦……”

“虽然概念上是一样，但实际上确实有差。动作和对白有几个差异，首先，在拍摄上，动作的时间短，对白的时间长。要表达一个人恨对方，一个眼神只要一秒，一句话可能要三秒。在华人剧本格式上，三角形和对白占的空间一样，是一个缺点，但也没办法，只能自己留意。所以如果希望场景精简，可以考虑多把对白改成动作。这也是为什么短片和电影通常动作比较多，电视剧的对白比较多，其实和长度差异有关。

“第二，动作比较直接、原始，对白则比较婉转、文明。通常在教育程度和社会阶层比较低、个性比较粗野、情绪比较强烈、关系比较亲近或是权力比较高的时候，会偏向用动作，反过来则是偏向使用语言。

“第三，动作和对白并存时，我们倾向相信动作才是真的。想象一下，一个人说他不生气，但拳头却握很紧，你会觉得他是生气还是不生气？动作和语言的不一致，也常是可以用来藏潜台词的方式。”

“你说，藏潜台词？”老师又说了谜一样的话。

“如果潜台词不能写出来，我们怎么让观众知道在台词底下有潜台词？又该怎么去让观众意识到你安排的潜台词是什么？”

“不是说靠情境吗？”

“那前面直说的版本，和原版的情境一模一样，为什么直说的版本‘没有潜台词’，原版却有？”

“因为……因为……”我觉得我陷在某个绕口令里，“情境一样，代表潜台词是一样的，那为什么一个有，一个没有？”

“因为被说出来了。”老师公布解答，“严格来说，直说版不是‘没有潜台词’，而是‘把潜台词直接说出来了’。就好像一个谜题，直接公布答案，就不算谜题了。所以‘要怎么创造有潜台词的台词’？答案很简单，就是不要直说。”

“听起来……很容易？”

“魔术的原理被解开，当然就不神奇了。我手上的硬币为什么不见了？因为我趁你不注意，把它藏起来了。但到底要怎么做到？这才是最难的地方。”

“所以才会有所谓‘藏’潜台词的方法。”

“是的，不直说，但又要能让观众察觉，这是人与人沟通最有趣的地方，其中的可能性千变万化。但如果这样说，就等于把问题丢给你，要你多去观察、多与人相处、多用心生活，而你每次创作，也只能期待灵感。我希望能提供一个方法流程，让你在还不熟练时，可以在发想时有些依据。所以写台词的第一件事，就是先不要管潜台词。”

“咦?”

“把情境确定，从角色出发，看角色该说什么，该做什么，就照你的直觉想法去写，写完我们再回头改。写台词的第一要务，就是要写得自然、口语，像人话。第二要务，是以角色的立场出发，他愿意说的、有动机说的才能写，而不是把角色当传声筒，编剧要说什么，硬塞进角色嘴里。做到这两点，基本上，就有八十分了。”

“这样就八十分?”怎么感觉老师的标准一下变低了。

“你按照大纲、分场、场景设计这个流程做的话，对白只要不失分，就足够得分了。有点像如果你天生长得美、皮肤好，上个口红就够好看了，一样的概念。”

“但像角色性格什么的，不用考虑吗?”

“不要依赖对白去塑造角色。如果一个人每次都背叛朋友，做事不负责任，无论他是爱骂脏话、琼瑶文艺腔、结结巴巴还是中英交杂，他的个性都是一样的。W 结构中的原来世界，就是要安排能表现角色特质的场景和事件，来带出角色的能力、性格、身份等特质。对白的风格，就像角色的长相一样，可以与内在性格无关，可以矛盾增加立体性，也可以相符，但都是表面的装饰而已。千万不要掉入‘粗暴的人要怎么说话’‘教授要怎么说话’这种陷阱里，流氓也有长相斯文的，也有谈吐有深度的，自然、有动机最重要。”

“不失分，就得分。”我重复。

“你可能会写出一个冗长、赘词很多、直白没韵味的初稿，但不要在意，能先完成初稿最重要。但你不要急着到处拿给别人看，要开始自己检查自己剧本的问题，完整地念过一遍你的场景，像刚才那样，念出声音，自己演演看。

“有一些地方要特别留意，第一个是人名。我们在日常生活中，其实不会一直叫对方的名字或称呼，一直‘爸爸爸爸’‘姐姐姐姐’地叫，是很不自然的。

“第二个是长句。一个句子中如果有超过两个逗点（即三个逗点及以上），也不太自然。我们日常对话，其实都不会用太长的句子，我们甚至会因为要解释的事情太多，干脆‘不说了’。就算真的有比较长的句子出现，也常会被对方打断，因为对方已经听出你想表达的事情了。

“第三是押韵，或是文辞特别华丽的句子。中文的书面体和口语很不一样，有很多句子写起来很好看，但放在对话里就很不自然。例如：‘就这样静静陪着你，不去讲更多的言语’或者‘不做深宫的玫瑰，只想在尘世里妖艳’。有没有发现这些好像很有感觉的文案，其实都不像台词？最多最多也只能算是古装剧的台词，但一样有一种‘假掰感’。这个你在自己念剧本时，应该就会发现了，但特别提醒，以免你觉得自己写得太好，舍不得删。”

“我才不会咧。”

“但凡事没有绝对，我们还是有机会在特别强调时，叫对方的名字。也有机会听对方说大段大段的话，或是故意讲一些美美的台词。一切要看情境决定，所以要特别留意这些常犯的错，但不是说绝不能用。

“最后是过多的舞台指示。有些人喜欢把每一句台词都注明应该怎么表演，这句要‘（失望）’，那句要‘（开心地）’，这些都是把演员当笨蛋的写法，会把演员逼疯。如果你的台词是‘真可惜’，演员自然就会演成失望，如果台词是‘今天天气真好’，演员自然会演开心。不要去注记理所当然的东西。我们只会在必须特别指示，创造与字面上相反的含意时，才会去注记表演。例如：‘（开心）真可惜’或‘（失望）今天天气真好’。同样的，‘△’的运用，什么表演要标，什么表演不标也是这样的原则。例如在《王牌特工》的范例场景中，为什么要特别标出埃格西把玩具交给哈里？”

“因为哈里说：‘可以借我看看吗？’埃格西如果不给，就代表埃格西不喜欢哈里。埃格西给了，代表他并没有因为妈妈哭了，就讨厌哈里。这是不是就是潜台词的运用？”

“答对了。我们不可能做到每一句台词都‘不直说’，事实上大多数时候，角色都会直说他们的想法，不然整部戏就看不懂了。我们会寻找一些特定的地方，来操作潜台词，通常是剧本中表达关系、态度，需要强调、有重要情绪的部分。另一种情况，是理所当然的回答。”

“理所当然的回答？”

“‘吃饱了吗？’‘吃饱了。’这就是理所当然的回答。这样写没错，但就是比较无趣，所以我们可能会把回答改成点点头，或是：‘早就吃饱了。’或是：‘我还想吃，但真的太撑了。’”

“咦？这几个改法，态度好像不太一样？”

“是的，放入态度、角色关系、角色性格信息等，就是第一种‘不直说’的方式。是不是比‘（不耐烦）吃饱了。’‘（满足地）吃饱了。’的写法，更生动一些？”

“嗯……微妙。”

“避开理所当然的回答，同时就是我们可以铺陈信息的空间。例如把‘吃饱了’的直接回答，改成‘我姊来了吗？’或‘剩的我可以拿去喂波波吗？’，就带出了角色的人际关系、想法等，反正角色到底有没有吃饱，也不见得是重要的问题，与其老实回答，还不如拿来做更多利用。

“第二种‘不直说’，就是改成动作。把无趣的响应或想加强的部分改成动作，比如‘你爱我吗?’，可以回答‘爱’，也可以改成不回答，直接扑上去拥抱。

“第三种是说反话。明明爱对方，却硬要说讨厌、硬要骂人。说的话与行为不一致，就是一种说反话：明明全身都在发抖，却说自己不怕；嘴巴上说不要对方的钱，手却已经把钱收进口袋里了。

“第四种，故意夸张。‘他为什么还没来？死了吗?’‘你爱我吗?’‘做鬼都不会放过你。’这些都是夸张化，一个尖酸，一个顽皮。不同角色性格都可能用上夸张，‘腿都不是自己的了’，也是把‘累’借由夸张化变成了不直说。

“第五种是找其他的主题进行包装。两个人谈分手，故意不让他们直接聊感情，而是把他们安排在动物园中，让他们聊动物的习性。不想分手的，讲着什么动物特别忠诚，伴侣死了就终生守寡；打算分手的，讲着什么动物会见死不救，如果另一半受伤了，就会直接遗弃它，另外找更好的伴侣。表面上是在讲动物，其实代表的都是他们彼此说服的过程。

“第六种，场景间的矛盾。上一场我们才看到他背叛了女朋友，这一场女朋友问：‘你爱我吗?’他单单说‘当然爱’，就是有潜台词的状态。

“第七种，道具或规则的设定。在一些重点戏上，我们可以预先做铺陈，设定一些特定的动作，来赋予行为或台词特别的意义。例如《黑客帝国》中的红药丸、蓝药丸，一个代表虚幻但快乐，一个代表清醒但痛苦，我们不用让主角大声宣告他的选择，他拿了哪个药丸，就说明了一切；《穿普拉达的女王》中，米兰达一直都叫主角‘埃米莉’，直到她认同了主角，才叫主角的本名，这个细节设定，让米兰达不用尴尬地说出‘我认同你了’这样无趣又不自然的台词；女主角和男主角事先约好了一整天都要说反话，等到高潮时刻，两人生离死别，女主角问：‘你爱我吗？’男主角回答：‘我恨死你了。全世界我只恨你一个。’利用规定，把原本直白的告白，变成了有潜台词的安排。”

“哇……最后这个，很会耶。”我不禁赞叹。

“发现运用潜台词的设计，比写出华丽的名言还来得有效了吧？”

“但是，还是会想学怎么写那种‘这句话说得真好’的经典台词啊……”我不禁嘀咕。

锦上添花的经典台词

“也不是不能写啦。”老师叹了口气，“只要不违反自然的原则，经典台词本身也没什么问题。”

“那你应该也有写出经典台词的方法吧？”

“有是有，下次吧。”老师看了下时间，“但今天感觉晚了。”

“没关系啦，告诉我嘛。”我故意撒娇。

回家之后，老师就剩下一个人了。

或许，老师之所以要每周这样请我吃饭、给我上课，是因为能与人分享编剧的点点滴滴，才是他唯一开心的时候？我如此幻想着。虽然这个人，不见得是非我不可。

考虑了一下，老师也没反对：“好吧。经典台词有三种，一种靠修辞，一种靠内容，一种靠好用。”

“好用？”

“‘贱人就是矫情’‘我想做个好人’‘没收功就骂脏话’这些台词，都被视为经典台词，但仔细检查句子本身，就会发现它们既没深刻的道理，又没有修辞技巧可言，那为什么会被视为经典呢？两个原因：一个是简单易于模仿，在日常生活中也很常有机会用上；第二个原因，是大家在讲这句台词时，并不光是使用台词本身的意思，而是同时运用了影片中的情境。简单说，这类经典台词就和流行语差不多，是因为经典的人物或场景，这种台词才有了力量。”

“确实，如果这些台词换到别部戏里，好像就没有什么了。”

“靠内容不用解释了吧？就是台词本身很有道理。这个就是生命课题了，没办法在编剧课上教会你。多看一些心灵成长、人际关系、传记类型或其他与你故事主题有关的书，多在生活中思考体会或与人讨论请教，会让你变得比较有料。”老师的语气没有鄙视的意味，无论一个人成就高低、年龄长幼，都应该持续进步，“但其实很多内容都是老生常谈，例如人要有梦想、男女平等、坚持希望、放下执着等，许多影片都在谈类似的主题。有些真理是不会变的，而有些内容会提供新的角度，例如过去我们都强调努力、面对、不逃避，但生命中难免有些问题，不是光靠努力就能解决的，于是产生了一个新的角度：‘逃避虽然可耻，但是有用。’这句话并不是在鼓励逃避，当它与剧情、角色搭配在一起解读时，我们会知道它是说‘努力是必要的，但偶尔想逃走、想放过自己时，也不要太自责’。如果没有新角度，就是依靠修辞，把你想谈的内容调整成属于你作品的、独特的说法。”

“修辞是指以前语文课教的那些东西吗？排比、顶真、譬喻……”

“是的，这就是考验在学校语文课有没有专心上课的时候了。我不是文科出身，也不是语文老师，不去和你讨论修辞法的细节和定义，我简单举几个例子。

“譬喻：用一个物品来形容一件事、一个状态。

- 人生不能像做菜，把所有料都备好了才下锅。——《饮食男女》

“在一部以‘做菜’为主题的戏中，一个职业是‘做菜’的人，用‘做菜’的譬喻，是最理想的状态。

- 做人如果没有梦想，跟咸鱼有什么分别？——《少林足球》

“这句台词同时结合了好用（好模仿，又是生活中常可谈到的）、内容（人必须要有梦想）和譬喻（没有梦想的人就像咸鱼），就把原本八股的内容，变成了独特的台词。这里的咸鱼虽然可以换成‘尸体’或‘垃圾’这些譬喻，但在喜剧作品中，选择‘咸鱼’这个带有喜感的譬喻，效果最好。

“排比：运用类似的句型、字数或是相似的词来组成句子。

- 喜欢，是看见一个人的优点；爱，是接受一个人的缺点。——《一天》
- 有信心不一定会成功，没信心一定不会成功。——《英雄本色》
- 要么换工作，要么换男人。——《永不妥协》
- 你跳，我就跳。——《泰坦尼克号》

“最后这句没什么内容，但好用，又利用了排比修辞。

“对比：利用相反的概念组合成句子。

- 忙着活，或忙着死。——《肖申克的救赎》（“活”对比“死”）
- 别为过去的事，浪费新的眼泪。——《与神同行》（“过去”对比“新”）
- 若不能接受最差的你，便不配拥有最好的你。——《怪物史瑞克》（“最差”对比“最好”）

“有趣的是，最后这句刚好和十二年后提名奥斯卡最佳剧本的《乌云背后的幸福线》中一句台词相似：‘要能接受最差的你，才配拥有最好的你’。可见相同的真理，只要符合故事主旨，换句话说又有什么问题呢？

“有一些技法，不见得有特别的修辞名称，但在戏剧中很常见。

“分类法：把事情依照自己的论点分类，通常最后一类才是想强调的重点。

- 偷窃有两种，一种为钱而偷，一种为偷而偷。不要成为第二种。——《偷天换日》
- 世界上有两种人，一种站出来面对，一种逃走找靠山。靠山比较好。——《女人香》
- 世上有三种人：绵羊、恶狼、牧羊犬。——《美国狙击手》

“拐弯法：在真正的论点前面，加一句反话，再利用‘但是’‘不过’或‘可惜’之类的转折句把意思转回来，是一种故意创造戏剧效果的技巧。

- 她说所有秘书中，你是最让她失望的，但若我不录取你，我就是白痴。——《穿普拉达的女王》
- 我努力地想摆脱张志明，却没想到变成了另一个张志明。——《春娇与志明》
- 你不能用钱买到爱情，但还是可以租个三分钟。——《死侍》

“硬要去记、去分辨哪句是哪个技巧，会让你在写台词时变得不知所措，我们是在创作，不是在做学术研究。要写出好台词，原则上和前面在谈如何写出有潜台词的概念是一样的，都是把原来直白的、老套的句子包装起来。记住两个大原则，一个是‘换句话说’（譬喻，直说变反问，分类），一个是‘一句拆成多句’，把重点放在最后那句，利用前面的句子加强它的力道（排比、对比、回文、拐弯）。”

“戏剧是放大，最重要的高潮在最后，前面的铺陈是为了让高潮发挥最大的力量。”我接话，发现这个写台词原则其实和说故事原则是相通的。

老师难得对我露出惊讶的表情，似乎对于我的融会贯通感到意外："你似乎抓到一些感觉了，那我就要回头再深入一点，谈谈顺序的问题。假设我们今天有个情境，甲乙两人是兄弟，甲发现自己的父亲是连环杀人凶手，害怕地跑去告诉什么都不知道的乙，你会选哪一句？"

台词、场景都有结构

1. 我都看见了，凶手就是爸爸。
2. 凶手就是爸爸，我都看见了。

"1 吧，因为'凶手是爸爸'是重点，应该放在后面。"

"没错，这种关键词放在最后面的结构，我们称为吊尾句或悬疑句，如果戏剧到这里，最重要的部分是'凶手是谁'，那 1 的选择是最有效的。但有没有什么情况，我们会使用 2 呢？"

我摇头，有什么事会比揭开凶手是谁更重要？

"如果甲发现爸爸是凶手时，观众就已经跟着他一起知道真相了，那当甲要告诉乙时，还有必要刻意创造悬疑吗？甚至进一步说，有没有可能，其实观众从头到尾都知道爸爸就是凶手，甲乙也早就怀疑，只是不愿意接受？那这时'我看见了'，甲向乙强调自己不是瞎猜，反而成了最重要的部分。”

“有道理……”有些故事的重点确实不是找出凶手，所以关键词要考虑情境需求、角色心情和观众接收到的信息。

“对演员来说，吊尾句在表演上也有好处。一来如果台词前重后轻，对说话的演员而言，不够顺畅，会显得后半累赘；对接话的演员而言，一听到关键词，就会想回应，但说话的演员却还有后半的台词，他就只能尴尬地等待。但并不是每一句台词都像这个例子这么激烈，如果从头到尾每一句都写成吊尾句，会产生角色说话一直故弄玄虚的不自然感。”老师接着开始讲解句型的结构，“关键词指的是一句话的重点，对手听到会有反应，听到就可以猜到整句想表达的意思的那个词。一般而言，希望戏剧效果最好，希望对方反应要快、情绪要大，就会使用吊尾句，所以一场戏最重要的那句台词，通常是吊尾句。例如：‘喜欢，是看见一个人的优点；爱，是接受一个人的缺点。’重点在接受缺点，如果把它反过来：‘爱，是接受一个人的缺点；喜欢，是看见一个人的优点。’就会感觉很古怪。”

“喜欢跟爱，好像也是故事曲线里的‘放大’，大的要放后面。”

“反过来说，如果那句台词主要考虑的是隐藏，例如台词中有某句话或某个词是伏笔，通常会置中，也就是不放头也不放尾，因为一个词放在开头和结尾，都会比较容易被注意到。关键词置中的句子也最自然，因为一般人说话是不会刻意留意关键词的位置的。”

“那放在开头呢？”

“摆在开头，通常会用在回忆或抒情的情况下，因为这类的台词比较琐碎，比较多细节，关键词前置，有让观众抓到重点的效果。或是关键词本身需要解释，所以前置，方便后面进行补充。例如：

甲：他们后来呢？

乙：死了，车祸，够老套吧？

“虽然‘死了’才是回答甲问题的关键词，但乙如果说成：‘老套的车祸，死了。’反而显得太强调了，似乎不太符合说出‘老套’这样带点轻浮的感觉。如果想刻意安排被对方打断的句子，置前也是好选择。我们通常会三者混用，再依照每个部分需要的感觉做微调。即使是‘凶手是爸爸’，都可以再细处理到考虑是不是该写成‘爸爸是凶手’，两者有微妙的差异。‘凶手是爸爸’的重点是揭开凶手的身份，‘爸爸是凶手’的重点是揭开爸爸的秘密身份，角色心中的想法比较接近‘爸爸居然是凶手’的感觉。”

“哇……这么深奥……”我又开始晕了。

“我们现在还是在谈台词的结构，还没谈到台词的选字选词呢。”

“用什么字也有差别？”

“当然，用什么字词、用多用少，就是很多编剧书里在讲的‘替每个角色塑造独特的语言风格’‘把名字盖住，也该分得出哪句话是谁说的’。但这是一个好上加好的过程，如果为了创造风格，反而失去了真实、自然，疏忽潜台词和结构，是本末倒置。我整理一个流程，你可能会比较清楚整个写场景的过程。”老师画了一张图，“首先我们从分场大纲之中，知道一个场景需要完成的情节终点，沿用刚才的例子，是甲告诉乙父亲是凶手，两人决定逃家。这时你可以选择，是要以‘告知’为转折点，还是以‘决定逃家’为转折点，把故事曲线抓出来。（见图 15、图 16）

“哪一个比较好？没有一定，和场景需要的氛围、角色性格、前一场戏是什么都有关系。记得，没有对错，只有写得顺不顺、效果好不好。我们先聚焦在流程上，接着，我们考虑角色、情境、冲突，以告知为转折点这个版本为例，必要角色就是甲和乙，甲想告知乙事实，但为什么无法告知呢？想说却不能说，‘想要’遇

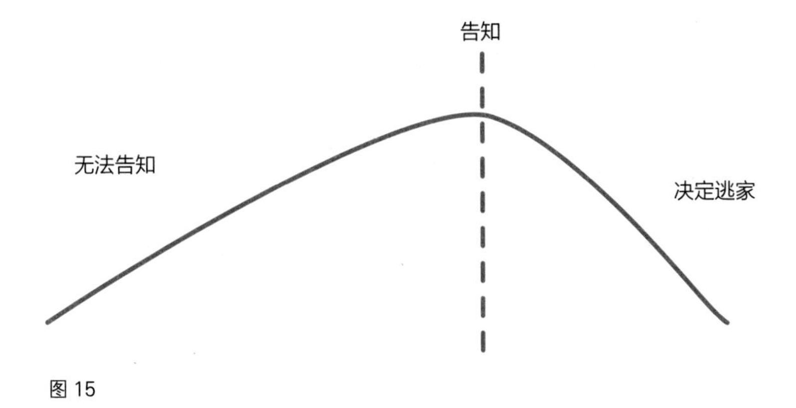

图 15

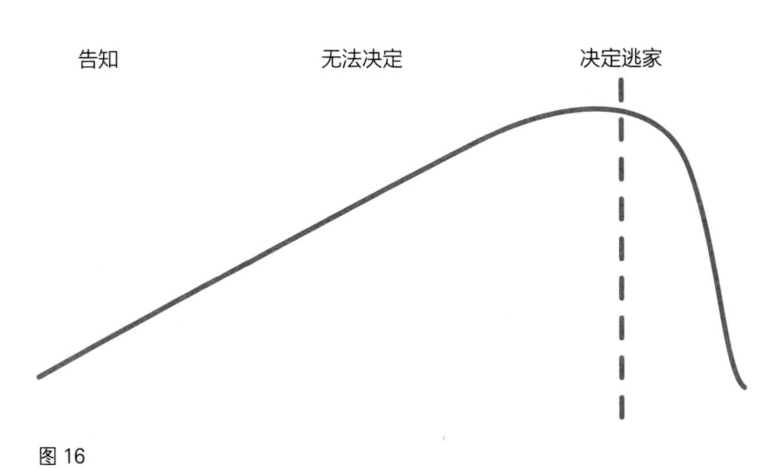

图 16

上阻碍，这个场景的冲突就出现了，但阻碍是什么还没有决定，这时就是从角色和情境去思考。

“例如，阻碍出现在乙身上。乙很爱爸爸，甲急急忙忙找到乙，正要开口说出真相，乙却拿着他们小时候与爸爸的合照，与甲回忆往事。甲看着乙脸上欣喜的表情，知道告诉乙会让乙受伤，所以才想说说不出口，最后忍不住了，才说出真相。

“或者，阻碍来自其他角色也在场，例如乙正和喜欢的女生在一起，碍于有外人，甲无法开口，但又不方便把对方赶走。甚至，更惊悚一点，那个其他角色，就是爸爸。甲在外面得知真相，急忙赶回家，却发现爸爸正坐在乙旁边，两个人有说有笑，这个情境特别强烈，因为甲同时面对双重难题，一是要想办法告诉乙真相，二是要避免被爸爸察觉他已经知道了。

“这个部分有时在分场时就决定好了，有时分场只有像我们这个例子这么少的信息，这就是为什么会说其实分场时就会考虑场景怎么写，或是可能你因为想到一个好场景，可能会回头更动分场的原因，总之目标是最后创造出最好的版本，而不是陷入‘可是原来是怎么样’的纠结。

“在这个阶段，我们决定好了之后，就会带出角色在这场景中的动机和目标，虽然冲突可以是外在的情境造成阻碍，但如果能发生在角色之间，他们彼此的动机和目标能够相互阻碍，是最理想的。例如上面的例子，也可以改成甲想打电话给乙，却打不通，试了好多次，最后终于接通了，这也是阻碍，但相较之下，效果就比较弱，可是我们有时综合考虑场景的长度、连贯性、难易度后，也可能会采取比较弱比较简单的情境。”老师将动机和角色目标写进图里。

“动机和目标有什么差别？”

“动机比较广，目标比较当下。我们之所以想完成一件事，背后还会有一个原因，那就是动机。甲知道真相后，为什么要告诉乙？为什么不自己逃走？为什么不是去报警？他很有可能想去报警，但他必须先确认乙的安全，以及乙能不能接受这件事。这个我们要从角色小传和角色关系去推敲，不能乱写。目标则是比较

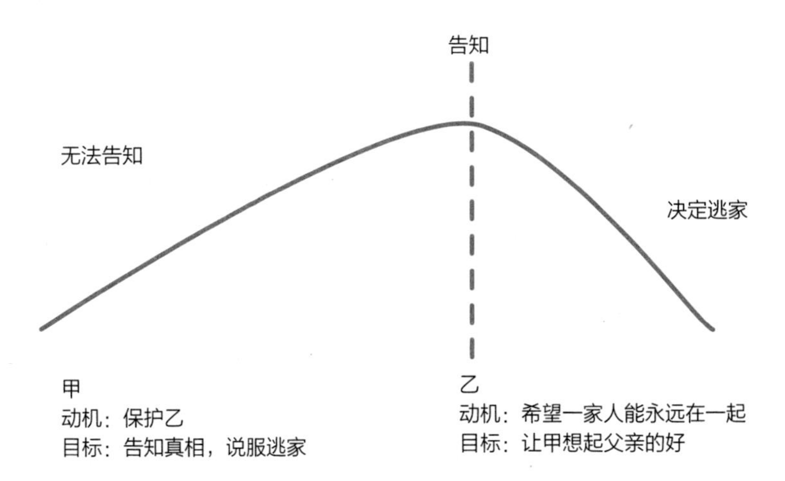

图 17

具体、明确的东西，可以把它想成为了实现动机，当下的具体做法，换了一个场景，动机可能不变，但目标会改变。例如现在有人拿枪指着乙的头，甲依然是想保护乙，而他的目标则是希望说服对方放下枪。”

我想起老师之前画的三个箭头：“这个感觉，有点像你前面说的，全剧的需要、每阶段的‘想要’、场景目标之间的关系。”

“没错。人的心就是这样一层一层的，会有原因，原因的原因，甚至原因的原因的原因。我之所以没有沿用之前画的三个箭头，是因为那是从整部剧的角度切入。但我们现在谈场景，是从角色个人的角度切入。”

我努力吸收。“总之，把场景骨架抓出来，再把情境和角色的想法放进去，然后呢？”

“然后就开始写台词啦。让你的角色在情境中开始对戏，如果你透过角色小传对角色有足够的了解，动机和目标设定明确，你就有机会经历所谓‘角色好像自己会说话’那样的感受，你很自然地判断出，角色会采取什么行动，会有什么反应。这里先试着照直觉走，等写完了，或是卡住了，我们再回到方法来抓节奏，设计对白与动作。这里的大原则其实和写大纲时是一样的，铺陈、放大，让观众相信相反的事，最后反转。另外，在这个阶段，你可以允许自己跳过一些东西。”

"跳过？什么意思？"

"例如你知道这里角色要说一件童年趣事，爸爸为他们做的牺牲，但你还没想到那件事情是什么，你可以就直接写：'乙：（说一件爸爸为他们做出牺牲的事）'。等之后再回头来补充。或者是像'甲做了一个习惯性的小动作''他们的小默契''一个虚张声势的表现''他没有说，但看得出他痛苦'等。总之，先记下来，之后再回头慢慢调整设计。这个阶段，是在建立你场景的骨架，等骨架到位了，要再修会比较容易。"

"然后就是之前谈的藏潜台词吧？"

"对，还有动作设计。这个是个人风格，有的编剧喜爱大量语言，有的编剧喜爱动作设计，一样没有对错。大致上来说，短片、电影剧本比较依赖视觉，长度也比较有限，所以语言偏向精简，动作设计多；电视剧则比较依赖听觉，长度也比较长，所以动作设计就比较少，语言比较多。但随着大家渐渐也在家里看电影，也有人用手机电脑看电视剧，看得很专心，所以这个界线渐渐模糊了。"老师抓抓头，"接下来就谈一下对白设计和动作设计吧。"

对白与动作设计

"动作设计，是指要写出角色做的每一个动作吗？"

“不需要，你只需要处理可以作为语言的部分。像是什么‘他拿起水杯喝了一口继续说’‘他不好意思地摸摸鼻子’其实都可以不用写。剧本和小说不同，剧本是给演员演的，演员会有自己的动作设计，我们所设计的动作，是属于台词的一部分。”

“啊我知道，就像你之前说的，动作等于对白。”

“没错。动作本身必须要有意义，它要么是个伏笔，要么就是一种语言。例如他看对方不爽，对方问他问题，他没有回答，只回了对方一根中指，这就是属于语言的动作。动作设计的诀窍，来自活用环境。”

“环境？”

“例如两个人在教室里谈恋爱，教室并不只是一个单纯的布景。好的动作设计，会利用教室这个环境，教室里有粉笔、黑板、板擦、课桌椅、垃圾桶、打扫工具、窗户、讲台，可能还有时钟、日历、课本、矿泉水、面包……”

“教室怎么会有面包？”

“从外面买进来的、同学藏在抽屉里的，反正有可能出现的都可以考虑。动作设计，应该从这个环境的细节出发，他们的恋爱，可以是在黑板上涂鸦，可以是一起解习题，可以是被罚留校打扫的两人用打扫工具打闹，可以用涂改液恶作剧……如果你只把教室当成一个说话的空间，那他们在教室里、在走廊上、在操场边甚至在深山里，又有什么区别呢？”

“原来不只是考虑角色性格、考虑潜台词，也会考量环境可以拿来怎么表演啊。”一个独一无二的场景，真是充满巧思。

“是的，所以才说在分场和场景设计时，有些编剧会把动作设计考虑进去。”感觉老师有点累了，他揉了揉眼睛，“最后是台词设计。前面已经提过很多设计的技巧了，剩下就是一些细节。记住一个大原则：对白的风格不是规定的，而是你决定的。不是去思考‘黑道都怎么说话’，而是去思考‘我要给这个黑道角色什么样的语言风格’。别忘了，你永远可以选择自然就好。”

“但黑道总是会有一些说话的特征吧？”

“不失分，就得分。”老师再次强调，“只要不要让人觉得‘黑道怎么可能这样说话’，就没什么问题。其实影响比较大的，是角色小传的建立，而不是职业。一个黑道可以粗鲁可以优雅，可以小学没毕业也可以是博士，语言是成长环境、所受训练、职业需要、个人习惯等累积的结果。”

见我埋头狂抄，老师就继续往下说：“我们先从影响比较大的谈起吧。影响最大的是方言。这问题在台湾地区比较少见，但当你有机会接触大陆剧本时，角色可能会来自四川、上海、辽宁，四面八方，每个地方会有不同的风土民情，还有使用语言的差异。虽然他们都讲普通话，但真的要讲究，其实在用词上和说话方式上还是有差异的。这部分虽然影响最大，但因为还有剧组、演员把关，能做就尽力，但做不来还是那句话，对白不失分就好。

“接下来是选字和句型上的差异，一般来说，受教育程度比较高、情绪比较平静、性格比较客套委婉的人，会选择比较长的句子，比较文雅或精准的字词。反过来说，教育程度低、情绪高亢、性格急躁奔放的人，就会选择比较短、比较直接的表达。举几个简单的例子。‘我个人觉得这件事这样做不太好’就是比较长、比较迂回的句子；‘这样不好吧’就是比较短、比较直接的句子。‘有看到我放在门口的那盆蝴蝶兰吗？’比较精确，‘门口的花有看到吗？’就比较概略。”

“确实读起来感觉态度不太一样。”

“剩下还有一些方式，例如有人会用说话态度来创造风格，总是过度正向，总是悲观，总是使用问句或否定句等；有人会使用语句的长短来创造，省话一哥或啰唆一哥；有人会用选字来创造，例如特别文雅，特别爱用缩写、中英交杂等。还有之前提过的，可以结合角色的设定，例如傻气的人总是问笨问题，好色的人什么都和色情扯上边，工匠常使用工具做比喻，农夫则常使用大自然做比喻等。另外，有人会使用口头禅、语尾词、发语词等来塑造角色的语言特色，但这种手法会创造重复感，容易让人厌烦，在漫画和动画之中比较常见，没那么适合写实度比较高的真人作品。”老师突然想到什么，“倒是有一件事必须要特别强调。”

“嗯？”

“华人编剧在学习写对白时的难题，就是不容易直接向国外的好作品学习。因为字幕都是翻译的书面体，甚至还会加入翻译个人的诠释，经常会变得不口语，失去原来的语言趣味和音律。例如乔布斯的名言‘stay hungry, stay foolish’，台湾地区普遍都翻译成‘求知若饥，虚心若愚’，但原文的直译是‘保持饥饿，保持愚笨’。我们不讨论翻译对错的问题，因为这本来就是语言的差异，但这个例子突显了直接从翻译字幕学习怎么写对白的风险，也可以明显看出英文原文的选字可能简单、口语，也可能风雅讲究，但翻译成中文后，几乎无法看出差异。这部分只能靠我们自己去克服了。”

我点点头，但更多的课题让我感到更晕了，仿佛原本被建立起来的小小自信心又开始动摇，而老师轻易地看穿了我的无助。

“我知道当我越谈越细节时，你一定会越失去方向，这是很正常的。这也是为什么，我一直反复强调三个重点。一个是剧本是改出来的，没有人可以一口气做到位，它就像画油画、谱交响乐一样，需要一层一层盖上去。另一个是剧本一定要自己读过，读出声音，甚至自己试演。我们人的感觉是很有趣的，就算说不出个所以然，我们常常也能感觉出来，所以到底该用吊尾句还是置前句，到底写出来的东西够不够口语、自不自然、态度对不对，你的感觉常常是最准的。我讲这些细节，不是要你在写的时候想破头，而是希望你在觉得不对劲的时候，可以有点头绪，知道怎么修改。第三，写对白不失分就是得分，大框架决定小细节，自然最重要。”

啧，先让我看见自己的渺小，又回头给我打强心针，这个人真是。

果然还是习惯了他这种不着痕迹的温柔。

果然还是没办法下定决心告别老师的课程。

果然还是想这样一直一直上下去。

“虽然很难，但只要练习，有一天我也会像老师这样，一个月就能完成这所有的事吧？”我无法想象自己有那一天，但老师一定会说没问题吧？毕竟老师一直以来都这样鼓励着我。

没想到，老师的回复出乎意料：“怎么可能？这么说，也太小看编剧这回事了吧。”

“咦？”

“只是因为网大的要求没那么高，才能这样每个月写下去。分场写熟了，靠直觉分；对白写熟了，靠直觉填。以网大那种从规划到上映只花三个月的步调，导演也靠直觉拍，演员也靠直觉演，所有的东西都是急就章解决，太精心打造的东西，交到这样粗糙的环境里处理，会心痛死吧。”

我掩不住惊讶："所以你写了这么多剧本，里面有你真正满意的作品吗？"

老师停顿，盯着手中的杯子，过了一会才抬头看我："没有。"

"你……不想写一个自己满意的作品吗？"

"写了又怎样？"

"拍成电影啊！这不是所有编剧的梦想吗？"

"我说过了吧，"老师的声音黯淡，"这份工作，不需要梦想。"

长长的沉默停留在我们之中，尽管四周依然是欢腾的气氛，有人在庆功，有人在应酬，有人在聚餐。

我想起老师曾经说过的，每个来热炒店的人，都有不同的理由。

但所有人来这里，都是笑着的。

"今天课就到这里吧，本来是没打算和你说这个的。"老师收拾东西起身，"今天的作业是写剧本，至少一天写个一场，就写五场吧……"

我打断老师："我不会再交作业了。"

"嗯？"

"我们不是约好了吗？一、不迟到不缺席；二、作业一定要交；三、你教的一定照做。违反其中一样，我们的课就停止。"

老师不明白我在说什么："所以呢？"

忍住啊，千万要忍住，我不争气的眼泪。

这都是为了老师的幸福。

“这热炒店的编剧课，就上到这里吧。”

第九章

光有梦想是不够的

虽然只有短短四五个月的时间，却感觉发生了好多事。

我想起了与老师的第一次见面，我的狼狈与他的惊慌。想起了他答应给我上课时我的兴奋和听他说“这是没有梦想的工作”时产生的苦恼。我想起了感觉自己抓到窍门时的热血，也想起了感觉自己无能时的失落。想起了泪奔，想起了绝望，也想起了鼓励、勇气与陪伴。

我能拥有这些，都是因为老师。

所以我希望他能够快乐，真正地快乐。

“这热炒店的编剧课，就上到这里吧。”我说，试着挤出笑容，“你应该回去，继续你的梦。”

老师很快地明白了一切：“你和她，见面了吧。”

我点头，浅浅地，怕流露软弱。

“难怪你今天来的时候样子怪怪的。我不知道她和你说了什么，但你不懂现在业内的环境。”老师的口气像在劝胡闹的孩子，“光有梦想是不够的。”

她也说了一模一样的话。

梦想以外的事

两天前，一名意外的访客，出现在我家门口。

“你就是高明的学生吧？”

站在我面前的，便是那位很瘦很瘦的时尚女子。

当时我推着脚踏车，嘴里塞着肉包，穿着夜市买来的运动棉裤。

对，那是我的睡裤。我因为熬夜赶作业，早上急着出门忘了换，如果早知道今天会遇到这位绝世大美女，就算要请假去采购礼服我也是不会犹豫的。

真会选时间出现，这个纸片人。

直到开始写这本书的此刻，我都还不知道她的本名，大家都叫她一个我怎么都记不清也无法发音的法国名字。比较熟了以后，我私下就叫她纸片人。

但那时的我，对她的印象只有惊人的美貌与气质，还有那个深深的吻，因此当她开口要请我喝咖啡时，我完全紧张得不知所措。

我们走进一间轻工业风的咖啡厅，它坐落在巷弄内，慵懒的慢歌充满地中海风情，分不清是哪国语言。除了磨豆机不时传出的轰轰声，整间店安静、时尚、典雅，就像坐在我眼前的她一样。

“屏东也有很不错的店呢。”纸片人态度亲切，声音柔软，一路上与我谈着屏东的风土人情，嘘寒问暖，我却感到心中忐忑。我不知道她约我，到底想要聊些什么。

可能是察觉到我眼神中透露的不安与敌意，女子话锋一转："我今天约你出来，是想请你帮我一个忙。你可以帮我说服高明吗？"

说服老师？我觉得她在说笑："你可能找错人了。"

女子看着我，眉梢带着淡淡的讶异。她和高明老师一样，都是属于看不出真实情感的类型，但老师是一贯的面无表情，她则是眼里嘴边都带着松松浅浅的笑意，相当和善，却常让人感觉她脑里似乎总在想着别的事情。

我怕她误解，赶紧补充："我的意思是说，拜托，老师耶，我怎么可能说服得了他。"

"是吗？但他好像很在乎你。"

虽然明明知道她说的不是那种在乎，但听了这话，我竟不禁有点飘飘然，不知道该回答什么。

服务生送上我们点的双倍意式浓缩和热可可，当然点后者的是我，好像我是个小朋友。为了化解尴尬，我只好随意找话题："晚上喝这个不会难睡吗？"

她没有回我，只是嫣然一笑，端起她的咖啡："你知道我和高明的关系吧？"

我差点没把可可喷出来，烫到舌头："知……知道。"

她对我的狼狈视若无睹："你喜欢高明吗？"

我拿餐巾纸擦着脸上的可可，用傻笑掩盖心虚："怎么可能！哈哈哈哈……"

"是吗？"她轻易地看穿了我的笨拙，但又换了想法，"不过高明确实不太可能看上你……"

我确定我不喜欢这个女人。头上的青筋让我瞬间冷静下来。

但她下一句话却又出乎我预料："那就好办了。我们条件交换，你说服高明回到我身边，我就给你个剧本写，如何？"

见我不回话，她以为我没听懂："你想当编剧不是吗？我给你个案子写，你马上就是编剧了，机会难得喔！"

"我就说了……"这女人怎么不听人说话呢？

"还是你想要我买你的剧本？如果你的概念有趣，我可以考虑。"

她带着没有变过的亲切笑容，说出跩到不行的话，让人一肚子火。

我强忍着掉头就走的冲动，因为我有一件想知道的事。

"老师说，你是来找他回去实现梦想的。"我尽量让声音听起来不带情绪，"那个梦想是什么？"

纸片人突然不说话，上下打量着我。

"听说你上高明的课上了快半年，我还以为你和他一样是现实挂的，想不到你也是感性派的，失策。"她放下手中的咖啡杯，抛来闪亮亮的无辜眼神，“很抱歉，我收回我刚才说的话，我不该跟你开条件的。对不起对不起……我们忘掉刚才的事，原谅我好不好？”

什……什么啊？这女人。虽然从头到尾都是和善地笑着，态度却一百八十度地转变，从刚才的女王变成了小公主。

我觉得心好累，只想了解老师的事。她却没有直接回答我的问题，反而开始问起我的事情。等我留意到时，我竟然已经和她聊了一个多小时，都还没谈到老师的事。事后回想起来，我不知道是人正真好[1]，还是我头脑简单，在她态度转变之后，我竟在她的引导之下，渐渐放下心防，开始和她聊起老师与我相处的过程。

“敬全世界最聪明的人！”我模仿老爸那天的醉样，“然后他就把钱拍在桌上，耍帅走掉了。”

“你爸真有趣，我爸就无聊多了，做生意整天飞来飞去，一年也见不上几次，见了也只会问我赚钱的事。”她露出有点寂寞的眼神，“你问我喝这个会不会难睡，其实我喝或不喝，都一样失眠。”

那一瞬间，我真不知道该怀疑老师和她为何会在一起，还是该怀疑他们为何会分手。他们好不一样，一个不让感情影响他的思考，一个活用感情变成她的武器；但他们又好像，都带着一堵墙，替真实的自己做足伪装。

我看到的，到底是演技还是真心？我已经分不出来了。

她似乎发现我沉默了，很自在地换了话题，好像刚才的惆怅没有出现过："但你确定要当编剧吗？当编剧很辛苦的，你没听高明说吗？"

"第一次见面时他好像提到一点，但没有说得很详细……"其实我对编剧的工作内容还是一知半解。

"他大概是怕吓跑你。"她张牙舞爪，一副吓唬我的样子。

"但如果能实现梦想，让自己写的作品拍成影片，辛苦也是值得的吧？"

"光有梦想是不够的。"她笑了笑，"你现在学到哪了？"

"分场。"我老实回答。

"如果我告诉你，高明那些听起来复杂精密的理论，其实都派不上用场，你还有意愿继续吗？"她指了指自己额头，"制片想的事，和编剧不一样。"

发现我一脸"那又怎样"的困惑，她反倒惊讶了："你该不会不知道制片是干吗的吧？"

我摇头，虽然听老师提起很多次，但我从来不知道制片到底是做什么的。

"他还真的是把你养在温室里，细心栽培呀。"她现在看我的眼神，越来越像在看一只可爱的宠物，"制片就像老板。"

"老板？"说真的，我也不知道老板是做什么的。

商品制造流程

“拍一部片，就像开一间公司，花一大笔钱，找一群人卖力工作，希望最后可以赚一大笔钱回来。餐厅老板，不一定要会做菜，只要他有钱，或他能找到人投资，他就可以花钱请个厨师，厨师负责做菜，他负责把店运营下去。制片的工作大约就是这样，找人找钱，确认影片可以被拍完，把钱赚回来。”

“但通常不是导演最大吗？”在我的理解中，老板是最大的。

“没有大不大的问题，只有谁负责什么事的问题。”她拿了桌旁的菜单，在菜单的背面画了个图。（见图 18）

“这是一部影片运作的过程，制片和导演的关系，简单来说，导演是与内容相关的老大，制片是与行政相关的老大。内容就是影片里的东西，剧情、表演、拍摄、灯光、音乐、道具、特效等；行政就是为了实现这些内容而存在的其他所有事，找艺术家、找

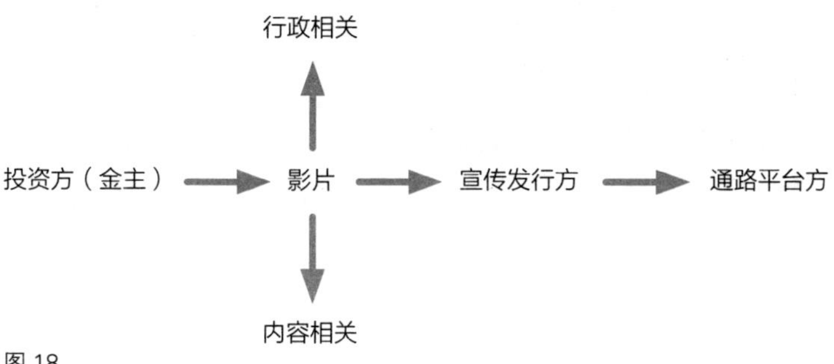

图 18

工作人员、找投资、找赞助、控管预算、订场地、排行程等，就像一部手机要卖到你手上，需要的一定不只是做手机的人，只要是做手机以外的事，几乎都算行政内容。”

“听起来是小妹，和我的工作差不多。”我还没抓到制片和编剧有什么关系，但觉得很有趣。

纸片人笑了：“确实，老板分很多种，有些老板做的事，是像小妹在做的没错。钱越少，人越少，制片就要做越多杂务，包山包海。钱越多，人就越多，大家可以分工分细一点，制片就分许多类型。我简单介绍一下你平常会在片头片尾看到的一些头衔。”

她指着投资方：“出品人就是指投资者，也就是出钱人，但并不一定所有投资者都会挂名。很多大的制作公司会自己挂出品人，代表资金是他们自己筹措的。”

她接着指向影片的位置：“这里就是制作公司，负责把影片拍好的地方，制片就在这里。整个制片组中，监制指的是组里的最高负责人，通常负责开案、筹钱，游说主创艺术家加入等较高层级的工作；中间的制片可能负责排行程，与其他组开会，控管预算和拍片进度等等；而最基层的行政就叫执行制片，做类似你的工作，租借场地，订便当，张罗联系各种大小事。制作公司会去找适合的案子，说服金主投资，找适合的团队把影片完成，再交由宣传发行公司，好把影片卖给观众。”

“所以你的意思是说，是制片决定一个剧本要不要被拍出来？”

“可以这么说。我们开始一个案子有两种方式，一是去找现成的作品，例如优良电影剧本奖的得奖作品，看看有没有潜力，或是找出版品，小说、漫画、网络文章等，买版权回来再请编剧改编；第二种比较常见，我们是已经预计要做一个案子，可能是要送政府补助，可能是有预定好要送的平台或资方，然后去找适合的编剧，把这个案子的剧本写出来。我们可能会有一些初步的想法或方向，例如角色的雏形，一个情境或特定的类型，编剧负责把需求整合成一个完整的故事大纲和角色介绍，制片再把它们整合成企划案。”

“但不是有导演说什么自己筹拍故事？”

纸片人白了我一眼：“那就是导演兼了制片的工作。我们现在在谈分工，就好像编剧也可以兼导演兼演员甚至兼梳化造型和道具，但那是编剧的工作吗？”

原来一部片的起点，不是编剧，而是制片啊。我心中嘀咕。

她继续说：“宣传就是指影片的营销，发行则是经由不同管道与观众接触，例如有些影片只在网络上发行，有些会上院线，有些上全台湾地区院线，有些只上特定几间影院，有些只发行DVD。像台湾地区有些公司就是纯发行公司，他们不拍片，只从外面代理别人拍好的片来台湾地区上映。反过来说，台湾地区拍好的片若是想在境外上映，就要找当地的发行商。

“最后就是通路平台方，也就是观众接触影片的地方，可能是电影院，可能是DVD店，可能是电视台或是线上影音平台，像Netflix（网飞）。近年来，线上平台为了拥有独家的内容，也开始身兼投资方。我们在影片片头会看到很多公司的logo（标志），他们有的是出品方，有的是制作方（可能有两三家），有的是发行方。”

“原来如此。”我恍然大悟。

“回到谁大谁小的问题，外面社会不是上班，到底该听谁的，不是由职位决定的，而是由影响力与谈判的结果决定。比如说，这部片是网络院线都上，还是只上网络，上网络是都上，还是让某家平台独播，是谁决定的呢？”

“呃……发行？”

“但如果制作公司刚开始就决定是要上院线，投入的预算和拍片的规格也是照院线，发行却决定只上网络，听谁的？”

“呃……”我瞬间就被考倒了。

“答案是不一定。”她被我的表情逗乐了，“制作公司和发行公司有很多合作模式，有时是制作公司主导，付钱要发行公司协助，有时是发行公司花钱向制作公司买版权，有时双方是合作拆成。有时会讨论，有时会听话照做，有时甚至还会闹翻。”

我被搞得有点乱，开始越来越不知道为什么她要和我说这些：

“所以这到底和我有什么关系？”

“人和公司，没有太大差异的。”她指着我的鼻子，“今天你是编剧，你写的东西，谁可以改？导演？演员？制片？金主？摄影师？”

我还来不及回答，她就接下去：“在刚才的例子里，虽然流程看起来是从头到尾，每个人一个萝卜一个坑，但因为每个决定都会互相影响，所以随着情况不同，最后做决定的人都会不一样。一部片也是这样，虽然要拍当然要先有剧本，虽然摄影师看起来不负责剧情，但如果他是金主的儿子呢？如果编剧写得很差，拍出来效果很差呢？如果摄影师比导演有经验，甚至其实他有编剧和摄影两个专业，只是刚好在这个剧组当摄影师呢？”

看到我还是一脸困惑，纸片人叹了口气：“跟你说这些，是希望你理解，现实生活不是教科书。表面上你面对的是戏，实际上，你面对的是人。你花苦心去经营的场景和对白，可能一到剧组，就被改得面目全非。不，可能在制片这关，就已经被改成不同作品了，你学高明那套，只会弄到最后气死自己。”

我好像终于有点明白，老师“遇到一些事而心灰意冷地回到屏东”，到底是什么意思了。我听出自己的声音充满动摇：“那……那到底，编剧该怎么写剧本呢？”

没有回答我的问题，纸片人继续讲着她想说的：“虽然不是所有制片想法都一样，但制片的立场很单纯：拍片就是要赚钱。不一定是‘只为了赚钱’，但没赚到钱，人就活不下去。只要有金主愿意投资，制片就会有收入，不管影片最后有没有大卖，制片至少都会赚到一部分的制作费，就像工班至少会领到出班费一样。所以很多制片根本不会细看你的剧本，他只看大纲，而且只从大纲里面找，这部片有多少商业潜力，会让投资人买单。不管你的分场功夫多好，多会设计场景，对白写得再巧妙，点子没中，一切都免谈。”

“所以噱头最重要?”我想起老师教过，如何寻找有卖点的点子。

“还有预算。一部片光看类型，就大约可以估出一个预算。投资人也很精，预算太高，他们不容易点头，制片也不会买单。”她拨了拨刘海，“大概有几个方向可以评估作品的预算大小。拍片有几个地方特别花钱，第一是拍片时间。时间越长，费用越高，因为拍片现场有明星、有工作人员、有专业艺术家，一天可能就要烧掉几十万。所以场景越多、越分散，就越花钱。一场在山上，一场在海边，一场在巴黎，一场在东京，光交通就是一大笔开销，加上剧组移动时间也算在拍摄时间内，所以场景越集中，预算越省。

“第二是搭景。有些场景找不到现成的地点来拍，只好专门搭一个，像《赛德克·巴莱》就搭了个村子，一花就是上亿。所以历史剧、时代剧、科幻、奇幻这类难以找到实景拍摄的作品，预算都很高，再加上道具、服装都要另外制作，也是很高的费用。

“第三是动作场景多。动作场景需要有比一般场景更多的镜头，才能拍出动感，镜位越多，代表拍摄时间拉长，所以贵。再加上飞车、爆破戏要找车来摔、要封街、要特殊技术人员等，都需要钱。

“第四是后制特效。动画特效要做得好，要花很多时间和人力，所以预算就会增加。像九把刀的《报告老师！怪怪怪怪物！》，要利用特效去做出怪物的质感，预算几乎是直接翻倍。

“第五是主要演员数量。明星就是比较贵，多请一个人，就多花许多钱。而且明星的档期不好排，请越多明星，彼此的档期越难配合，就会影响到拍摄的期程，造成成本上升。就算全部请素人，一样是越多人，越花钱。

“第六是场景中的演员数量。像是球赛、演唱会这类需要爆多临演的场景，成本都非常高。

“所以你看，你在分场时，想的是什么冷热松挤穿插，制片在看时想的都是预算，场地要到哪借，临演怎么来，需不需要特殊拍摄道具，都是钱。很多时候剧本被改，不是因为写得不好，是因为现实考量，无法拍摄。”

我渐渐理解她想告诉我的事。就像老师说的，没有人会花钱只为了实现别人的梦想。拍片其实是门生意，钱虽然听起来很俗气，但如果没钱，就无法拍出作品，无法赚钱，就不会有人想投资。

“总之呢，高明所谈的好剧本就像一个理想世界，合理、迷人，但派不上用场。”纸片人看我表情变了，似乎很有成就感，“很多编剧早就放弃继续钻研什么是好作品了。反正写得再认真，别人也不见得看得懂，赚的钱又少，还不如得过且过，日子过得下去最重要。台湾地区的环境就是这样，与其去追赶美国韩国那样的质量，还不如花时间和圈子里的人打好关系，这样你的作品出来，大家也会因为交情替你说好话，朋友之间捧来捧去，外行人也分不出东西好坏。”

原来如此，纸片人所说的一切，好像解释了台湾地区的很多问题，为什么戏剧内容都千篇一律，为什么很多作品概念好像很有趣结果却很难看，为什么明明有这么多的编剧书和成功经验，台湾地区的创作者却常常“跟着自己的感觉走”“想到什么写什么”。

所以像老师这么认真的人，宁可选择离开。

所以像老师这么熟练的人，宁可写点要求低的作品讨生活。

所以像老师这么有能力的，宁可不在台湾地区发展。

反正，在这样的环境里，认认真真地把一个剧本写好，根本不重要。

但，真的是这样吗？

“你骗人。”

“这是事实。”

“你骗人，”我重复，“如果老师的方式是没有用的，你就不会特地跑来找他回去了。”

纸片人错愕的神情渐渐融化在花雨似的笑容里，她边笑边擦去眼角的泪水：“我越来越知道，高明为什么喜欢你了。”

我再次因为她没头没脑的回复，不知所措。

“我说的确实是事实，这个圈子很多人都堕落了，但不代表所有人。高明就曾经是试图对抗的那个，我知道他怪我，因为我当时选了和他不一样的路。他选择对抗，而我选择投降，成为他最不喜欢的环境之一，在他最需要的时候离开了他。”她起身，去拿了壶水回来，“但现在时代不一样了，现在已经不是过去电视台的时代了，平台越来越多，对于戏剧的需求越来越强，人们对于作品水平的要求也越来越高。投资人吃亏吃多了，也渐渐变得精明，糟糕的制片蟑螂虽然依旧存在，但有想法有企图心的制片也越来越多，编剧的权益也越来越受保障。大家慢慢开始知道，编剧比想象中更难、更重要，不是随随便便就可以当的。这是高明渴望的时代，我希望他能回来，和我一起把之前没走完的路，好好地走完。”

我果然还是无法喜欢这个女人，那么善变，那么自我。

但我心中确实期待看到，老师站上属于他的舞台。

现实以外的事

那天晚上，我没有答应她任何事情，因为我觉得应该让老师自己决定。

而我现在，已经清楚地知道答案了。

“光有梦想是不够的。”老师说得斩钉截铁。

才不是这样。

“没有梦想才是不够的！”就像老爸来的那一夜，老师用一声怒吼，把信心全失的我唤醒，我也希望我的声音，能够点燃老师早已熄灭的心。

“一个把编剧方法研究到这么细的人，怎么可能不希望写出一个自己满意的剧本？你不要自己骗自己了！你如果早就心死了，为什么还要继续写下去？为什么还继续在研究作品？为什么还愿意每周每周这样教我？不就是因为你还放不下这个你热爱的工作吗？光有梦想是不够的，但是如果没有梦想，又有谁会愿意为了这种该死的东西每天熬夜苦恼，只为了决定什么关键词在前还是在后，什么场景在热炒店还是咖啡厅？如果没有梦想，写剧本根本就是全世界最糟糕最糟糕的游戏！”

我一口气噼里啪啦地吼完一长串，吼得整家店都静默，吼得老师表情扭曲，吼得我上气不接下气，强忍着的眼泪不争气地流个不停：“就是因为还有梦想，我才宁可选择离开你……”

“你觉得你很重要吗？”老师冷冷地接话。

果然，还是不行吗？

“你觉得我这一年多来，没有想过要再试一次吗？”

我低着头，不敢看老师的表情。

“那种仿佛全世界只有你在努力，全世界都无法理解你，全世界都在嘲笑你的地方，我连做梦都觉得恶心——”

我怎么会觉得，老师会没想清楚这些事情呢？

未免太自不量力、太自作多情了吧，刘咏琪。

“但是如果有你一起，我可以考虑。”

咦？

注　释

1　意为“长得漂亮的人，做什么都会被原谅”。——编者注

第十章

与你的约定

朝理想前进

老师说，人总是高估自己一天能做的事，却低估一年能完成的事。

我真的用了一年，严格说起来是十一个月又二十三天，就成为编剧了。

现在我正坐在某个制片的办公室里，低头研究着对方递给我的名片，公司名叫“华群电影制作公司”，对方的头衔写着“项目总监”，感觉是个大人物。我手心冒汗，心里焦虑着，我怎么会这么没有社会经验，没有提前给自己做一张名片。

我用力做了几个深呼吸，提醒自己，要坚强。

我和老师说好了，要靠自己的努力，走在梦想的路上。

那天晚上，老师离开了，回到台北，回到纸片人身边，为了他的梦想。

“就算只剩一个人，也必须一直写下去。”老师最后留下这句话。

“你也是。”我回他。

梦想这件事，从来都是孤独的，因此它才会被称为梦想。如果全世界的人都支持你，那这件事只不过是日常。就算有家人支持，你可能也会害怕朋友的眼光，找不到和你志同道合的人，因为专注努力而交不到朋友。就算有朋友支持了，你还是必须面对进不了业界、投奖项没有消息、没有人肯定你的努力成果的可能。

为了完成更大的事，你就是必须要面对一个更大、更陌生的世界，而那个世界，充满与你想法不同、不认同你的人。

当你试图更好时，你就注定孤独。我试着创作，是这样；老师试着对抗环境，也是这样。所有值得被称为“梦想”的东西，都要求你学会一件事：靠着自己，努力下去。

因为那是你自己的梦想。

如果我们因为任何理由停了下来，那都是我们自己的选择，不是任何人的错。

我们约好了。

约好为期一年的编剧课，上了不到一半，便停课了。

但与老师的约定，还有老师教会我的东西，让我比之前更努力地创作。我开始将之前练习的大纲、接写的预告片，一个一个拿来练习分场和对白；偶尔想到一些想法，就记进笔记本里；在场景写累了的时候，回头练习发展大纲。

我有老师的 E-mail，我曾寄信过去，但就像寄进了黑洞。

我猜，他就是要我一个人去挑战。

也不知道是认同了还是怄气了，我从此没有再写过信给他。

遇到了问题，我就去买其他编剧书来看，不然就是试着从别人的作品里找答案，自己思考、自己尝试、自己归纳结论。

尽管如此，每到周日晚上，我还是会带着笔记本电脑，去那间熟悉的热炒店里，点两道菜，拿一罐麦仔茶，一个人一边吃饭，一边抄剧本到深夜。

我不感伤，因为来热炒店的人，都是笑着的。

在这样规律的生活与写作之下，我竟然在一年内写完了两个剧本，分别投到了不同的奖项，这是从前的我想都不敢想的事。

而且表面上虽然只写了两个，但实际上发展到大纲阶段的，有快二十个；写过的场景，超过五百个。

人们总是低估一年能完成的事。

虽然无法说我已经是个高手了，但我感觉像是从刚入学的大学新生，变成了对学校系所熟门熟路的大二老人。

老师七月底离开，九月我投了优良电影剧本奖，十二月跨年，我坐在电脑前，只犹豫了五秒。我在心中对他说："新年快乐。"

一月，优良电影剧本奖入围名单公布，我入围了。

我记得那就是一个再平凡不过的上班日，我正埋首在公司满山满谷的拜年贺卡中，文青滑着他的办公椅来到我身后，他点点我，我赏他一个手肘，他又点点我，我回头准备赏他一个拳头……然后我看到他的笔记本电脑屏幕，惊声尖叫。

虽然我没印象了，但据文青表示，我那天叫了整整一分钟。

《导演请你放过我》入围了，就是那个畅销编剧遇上恐怖情人的故事。

过年时，老爸老妈从花莲回来，得知了这个好消息。老妈告诉我，虽然老爸在我面前装酷，但回到房间，他偷偷哭了。

然后我就收到了一封邀请信，再然后，我就坐在这间办公室里了。

在上台北之前，我给老师发了一封信，告诉他这个好消息。

有制片说对我的剧本有兴趣，这样我算是实现了一个人成为编剧的约定了吧？你呢？想听听你那边的情况。

但从昨天等到今天，依然没有任何回音。

他，应该，很忙吧。

制片拿着两杯咖啡回来了，他是个瘦瘦小小、很客气的中年男子。

“不好意思让您特地跑一趟啊，老师。”他满脸堆笑。

我惊慌失措：“不……不要叫我老师啦，我还没那么厉害，叫我小琪就可以了。”

“好好好……那我就不客气了，小琪，您也可以叫我老蔡，哈哈哈哈。今天找您来，是想和您谈一下合作的可能性。我们公司最近有一个项目是这样的，我们想做一个青春喜剧，人物设定都有了……怎么了吗?”大概是看到我脸上的错愕，老蔡停了下来。

“没……没事，”什么表情都写在脸上，我也是很无奈，“因为信上是写说对我的剧本有兴趣，所以我以为……”

“哈哈哈，是是是，您的作品很优良，所以我们相信您是很有能力的人，一定很适合我们这个案子，我来向您报告一下。”老蔡开始介绍他们公司的案子。我想起纸片人说过制片确实会找编剧协助开始公司的案子，虽然不是自己的剧本被看上，但也是有机会开始在业内工作吧?我拿出笔记本，开始记录老蔡说的内容。

老蔡拿了一份大纲给我参考，我们聊了两个多小时，我提了一些想法，问了案子被要求的内容，虽然有许多设定怪怪的，但经过老师训练后，我大概有一些方向知道怎么去克服，只是需要花时间查一点数据。

听说我其实没什么经验后，老蔡说其实他们公司是不会像这样和新手合作的，但因为觉得我有潜力，希望能给新人机会，不能总是让老编剧卡着位子，我听了也觉得很认同。

“那就麻烦你了小琪，下个星期等你大纲。”虽然时间很赶，但老蔡也很无奈，说他也没办法，希望我能多帮忙。我想熬点夜总会有办法的，便答应了下来。

就这样，我得到了第一份编剧的工作。

老蔡一路送我到电梯口，门关上时，我还看到他一边笑着挥手，一边对我弯腰鞠躬。这可是我平常当行政小妹从来没有过的待遇啊。

我感觉飘飘然，站在旧大楼的门口傻笑。

“什么事笑这么开心？”

小心跌倒

一个熟悉的声音从我背后传来，我惊讶地回过头。

“老师！”我惊喜得扑上去。

真是个久违的拥抱。

“我们找个地方，看看你刚才答应了什么蠢事吧。”

真是个久违的狗嘴吐不出象牙。

“人家老蔡看起来人很好啊。”我们找了间热炒店，虽然时间还早，但奇怪的是，热炒店里还是坐满了人。

“难道坏人脸上都写着‘坏人’吗？”老师一如往常，喝着麦仔茶，“你听过华群吗？”

“是没有，但我又不是圈内人，没听过很正常吧。”我咬着花枝[1]，还是不觉得自己做了什么不对的事。

“至少 Google 一下吧，对方制作过什么作品，有什么经历之类的。我替你查过了，空白一片，什么都查不到，连官网都没有。倒不是说新的制作公司就不可靠，也没说它们一定要有精美官网，但心中要有个起码的警惕，不是人家名片上印‘项目总监’，就一定是大人物。你知道要开一间制作公司需要什么吗？”

我摇头。

“两万到三万块搞定，人人都能当总裁。江湖上到处都是这种制片蟑螂，左手拐编剧做白工，右手去找资方谈投资，买空卖空，什么本事也没有。”

“但人家还有办公室……”

老师瞪了我一眼：“别再讲这种理由了，你连人家办公室是租来的还是借来的都不知道。我和你讲这个，是要你先放下那种比人家矮一截的心理。”

“我……”我无法辩驳。

“其实你就算今天面对的是大公司也一样，人家会找你，就代表人家需要你，你们是平等的合作关系。编剧虽然需要制片，但制片也一样需要编剧。你不先过你心中的这一关，与别人谈案子，只会受尽委屈。”

“那……那我该怎么做？”

“先问问你要什么。你想成为什么样的编剧？想过什么样的生活？”老师身体前倾，双手靠在桌上，“你要先替自己决定一个价码，而不是等着别人出价。以台湾地区来说，没有名气的编剧，目前一个电影剧本的开发费用约在台币五十万到八十万，电视剧如果是六十分钟一集，五万到六万；九十分钟一集，七万到八万。网大的行情，目前是稿费两万人民币加后续分红。你可以照行情，觉得自己值得的话，也可以开高一点。你当然也可以降价来求合作机会，但意义不大。”[2]

“为什么？”

“之前说过，现在台湾地区一部电影预算多在三千万左右，相较之下，编剧成本占比不高。一个制片会因为你便宜他十万二十万而影响他的决定，代表他看中的根本不是你的能力。这种只看价码不看能力的制片，做不出好作品的。你确定你要用你的血汗换一个难看的作品？”

“这样好像反而反效果。”

“你问过你这次的工作，有多少编剧费吗？”

我心虚地低下头。

“不要期待对方先提起。总费用有多少？目前的阶段工作完成后，可以拿到多少？总共分几个阶段付？这些你应该要主动关心。你谈合约了吗？”

“没提到……”

“这间公司基本上已经凶多吉少了。一间正经的公司一定会和创作者谈合约的事，因为合约是保障他们，不是保障我们。”

“咦？”我以为我听错了，“保障他们？”

“还记得那时文青杀来课堂上的时候，我提过的著作权问题吗？著作权是自然生成的，这东西是你写的，著作权就是你的，人格权和财产权都是你的，无论对方提供什么想法给你。在这种情况下，他们就算付钱给你，也只有使用权，没有其他任何权利，甚至你写完拿去卖给别的公司都可以。没有制作公司可以接受这种事。唯一可以把著作权从你身上转到他们身上的方式，就只有透过合约。”老师停了停，继续说，“他们不提，只有两种可能，一种是他们根本外行，一种是他们有诈，无论哪一种，都不太 OK。”

“原来我可以把他委托的东西拿去卖给别人啊……”我恍然大悟。

“不要乱来，小心身败名裂。”老师敲我的头，“不同公司有兴趣的案子类型不同，你拿去卖别人也不一定要。更何况，两间公司的人还有可能很熟，到时候有麻烦的人是你自己。”

“我知道啦……”真开不起玩笑，“但讲这些东西，不会很尴尬吗？”

“一点也不，你只是不习惯。不是要你一见面就讲这个，毕竟连要合作什么都不知道，但案子内容聊过了，后面谈合作条件跟合约，是很正常的。”老师突然话锋一转，“你难道不奇怪，对方给你的那个大纲哪来的吗？”

我还真没想过。

“那恐怕就是前一个编剧留下来的。一个案子做得好好的，为什么编剧会跑掉？其实就暗示这个案子有状况。这些都是可以去聊、去了解的。”

“状况是指？”

“可能是找不到资金，制片太机车[3]，团队成员钩心斗角把人逼走，交稿时间太赶……问题当然也可能出在编剧本人身上，风格不对、太难沟通，总之团队被迫另请高明。”老师做出总结，“总之，这个圈子没那么单纯，不是要吓你，是要你警惕。你如果不先想好自己可以接受的条件是什么，就很难做出取舍。你要替自己争取更好的条件，无论是费用、工作时间或是其他条件，你不提，别人不会主动照顾你。记住一个关键：不做最大。”

“但不做我怎么入行？怎么累积作品？”

“做一部糟糕的作品，或是被人家骗走一百个大纲，都谈不上入行。编剧又不是上班族，你只要持续写，有人看到你，机会就会自己出现。”

“但人家怎么会看到我？”

“让别人看到的方式有很多，你可以自己找人拍片，从小作品开始累积，参加一些比赛或把作品上传到网络上建立人气；你也可以去人力银行找工作，很多制作单位的‘企划’，其实指的都是编剧，然后在上班过程中累积人脉；你也可以建立自己的作品集（不一定要拍出来），然后去制作公司推销自己，很多小的广告公司会需要提案的企划与结案的编剧，较知名的制作公司可能不会理你，会理你的，可能就只有像老蔡这种来路不明的公司或没经验的新公司，但这个路线会需要比较多的业务能力。”

“对啊，难道就没有安静写作品，不用与人打交道攀关系的方法吗？”我觉得有点累。

“那你怎么不好奇，老蔡他怎么看到你的？”

“我……我没问……”我一心都只想着力求表现，什么都没问。

“因为你入围了。”老师露出笑容，却是嘲笑，“这个老蔡算是特例，可能是怕抢不赢别人，事先去搜了每个得奖者的名字，看看能找到谁的联络方式。他说他欣赏你的作品应该是骗你的，作品都还没公布，他根本没机会看到。他只是想让你感觉受重视，愿意跑这一趟替他卖命。”

我还特别花了高铁钱和出租车钱，跑来给人家骗。我掩不住沮丧。

“也不是说铁定就完蛋了，你回去发个信件给他，问清楚费用和工作条件，他如果没回或是回得很模糊，就代表没戏。他如果回得明确，这就算是一种合约。合约不是一定要书面盖章才算，口头、传信息、信件往来都算，只要‘双方同意’就算，只是信件要用来上法院举证比较简单。所以如果你脸皮薄，不敢提合约，至少以后谈完案子，要发个讯信或 E-mail 给对方确认条件，好取得一点基本的保障。未来遇到这种邀约，如果怕麻烦，也没打算交朋友，你最好事先就能在信件往返时把工作条件确认清楚，虽然会出现一提到钱就不再回复的情况，但也等于事先了解对方的心态，避免浪费时间和不想合作的人打交道。”

“只要信上对方答应了事情，就不怕对方赖皮？”

“哈，要赖皮你也拿他没办法。要讨回公道，最后就必须上法院，但提告到底划不划算，其实是一个问题。打官司旷时费日又烧钱，能拿回来的甚至还比不上律师费。但对对方来说，也一样麻烦，所以至少不要让对方占便宜。”老师看我脸色不太好，“怎么？被吓坏了？”

“不是。原本是想有个好表现，被人夸奖的……”谁知道，却弄得像个笨蛋一样。

“傻瓜，”老师摸了摸我的头，“你做得很好。恭喜你入围。”

摸头实在太犯规了，我现在连抱怨的权利都没了。

一年真的好久啊，虽然听起来好像很短，却是一个漫长的过程。

有无数的烦恼、挫折、寂寞、自卑的时候，让我不断自我怀疑着这到底是不是一条属于我的道路。

而我好不容易走到自以为的终点时，才突然发现，我其实才到了起点。

往后，还有好多好多个一年。

虽然还有好多要学，有好多事情要面对，但因为我踏踏实实地走过这一趟，所以对于要再走下去，不会感到过多的迷惘。

今天，就让我好好享受这个战果吧。

虽然，不解风情的某人有点讨厌就是了。

“这圈子很缺人，只要你稍微能写，大家都想从你身上掏故事。想安安静静地做作品，投奖项是最好的。有些人常抱怨自己怀才不遇，但大多数都只是确实没有能力。其实编剧怕碰到坏制片，制片也怕碰到坏编剧，很多有良心的制片想把作品做好，找了编剧，却发现对方谈得一嘴好戏，写起来却惨不忍睹。但用了对方，就必须付出相对的费用，毕竟请人读也要钱，不但花了时间，还赔上制作费。所以大家都习惯找有作品的、有经验的、得过奖的、请人介绍认识的，虽然依然可能有问题，但至少有基本水平。所以你作品写得好，就不怕无法被看到，评审都是业内的人，巴不得有能力的人被看到，赶快进来被折磨。”

一边摸着我的头一边说这些，还真是煞风景啊。

老师啊老师，你也有很多需要学的呢。

“对了，那老师你呢？”我突然想起来，还不知道老师这半年来的情况，“你和那个纸片人的案子怎么样了？”

“纸片人？”老师会过意来，笑了笑，“那案子还在磨，她快被我逼疯了。她以为我的梦想只是写个好故事，但我要的是环境对编剧的尊重。”

这么清爽的笑容，我还是第一次见到。

“所以……这次比较满意吗？”我有听没有懂。

“谁知道呢？但至少有更多的时间、更好的待遇、更少自以为是的意见。但拥有自由创作的机会，没有任何借口了，才更深刻感受到自己的不足。”虽然是这么说，但老师的神情一派轻松，“但也因为这样，编剧这件事，才会这么有趣啊。”

我很欣慰，老师开始露出了这样的表情：“没有放弃，真是太好了。”

“是啊，”老师投来温暖的目光，“谢谢你在连我都已经放弃的时候，还愿意为我努力。”

这间热炒店的气氛，有这么浪漫吗？

我不自觉露出傻笑。

也谢谢你，让我知道我可以。

这就是自认没有才华的我，用一年时间成为编剧的故事。

希望这个故事，能够给你梦想、给你方法、给你勇气，也给你乐趣。

“一起去追更大的梦想吧。你愿意吗？”

“我愿意。”

注　释

1　墨鱼的别称。——编者注

2　这些虽然是市场行情，但其实都偏低。如果比照境外市场，电影编剧费用应该是总预算的百分之五到百分之八左右，依台湾地区电影普遍三千万的预算来算，应该落在一百五十万到二百四十万之间。但事实上，很多编剧甚至连这个五十万到八十万的价格都拿不到。电视剧以偶像剧常见的一集一百万的预算计算，虽然五万算达到标准，但有些质量更高，预算到一集二百五十万的作品，编剧费也不见得会跟着提升。现在台湾地区电视剧最大的问题，在于前置期很长，却常常没有前置费用，必须要等到实际写剧本才会有钱拿。编剧照着制片要求，花了一年时间企划，结果最后什么也没拿到（或只拿到个三千块红包）的情况非常常见，这是非常不合理的。但整个产业环境陋习积累，只望大家先以这个行情标准为目标，不要被无良的制片给欺负了。

3　指啰唆、麻烦、难相处。——编者注

后　记

教课、写书，常使我看起来像是一个故事达人，但面对故事，我从来就只是个小人物。很多人都以为，学会怎么说故事，就从此不会再为故事困扰，这是个巨大的迷思。再了不起的作家，都会为了创作苦恼，更何况是我。我只是比较幸运，有这个时间、意愿和论述能力，可以替我这几年的经验与所学，做一个简单的总结。

在剧本创作的领域，有其他更伟大的创作者所写的编剧书。当如何出版社向我约稿时，我反复提出这个问题："为什么我还需要再写一本？"但主编怡如和项目真真热情肯定我的内容值得通过出版被大家看见，所以我想在最后，谈一谈这本书许多设计的初衷。

首先，希望它好读。我常听到来自学生的回馈，说他们不是啃不进编剧书（说每看必睡），就是读不懂。所以我选择把它写成一本小说，希望通过简单的情节，让它读起来更有趣味性和代入感，并且尽量讲得更细节、更白话、更步骤化，好让没有经验的人也可以了解"故事"这部精密机械的运转方式和设计原则。您可能会在其他编剧书中见到类似的一些内容和概念，这是很正常的，因为故事从来没有秘密，我并不觉得我发明了什么，我只是以我的方式和我的诠释，重新把这些内容表达了一次。

再者，这是一本为商业娱乐而写的编剧书。我知道对于很多创作者而言，“故事”两字所代表的意思更神圣、更私密也更遥远，远远不是“商品”两字可以说完的，我完全明白。但一个产业要形成，必须要有一群匠人，持续生产不那么出色，但质量令人满意的作品，可以持续让消费者愿意买单。这本书便是为了培养匠人而写的，它无法教人学会“任何故事”，但它能告诉你怎么写一个“好看的故事”，并且让你在遇上瓶颈时，更有方向，知道怎么突破。

最后，希望“去感性”。我一直以来的教学，都刻意地机械化，刻意地强调结构、步骤和技巧，而不去谈美感、生活品位、人性观察，甚至在整本书中，谈结构的部分远大于谈角色人物，甚至角色在教学中看起来，只是布局的一枚棋子。但事实上，我并不是不理解一个厚实、丰富的角色对一个故事的重要性，也不是纯粹的结构派信徒，我之所以避开这些，一方面是觉得自己能力不足无法驾驭，难免挂一漏万，另一方面是因为这些事太多人强调了，而结构与技巧的重要性，却被明显忽略。对我而言，理性与感性一直都是互补的双璧，缺一不可，我只是扮演补强理性的角色而已。

很多人可能会以为，故事中的高明，是我的化身，其实我与高明一点也不像。我对生活与工作常常三分钟热度，要靠太太和截稿日管制，说要精于计算规划，却又常做冲动的决定，事后才深刻反省。我反而更像咏琪，出身开明的家庭，从小与艺术无缘，却不知为何就是受到戏剧吸引，苦苦摸索后觉得自己根本不是这块料，与写作分分合合，却又总会在意想不到的地方获得肯定。

能走在这样的路上，步步充满感激。

要感谢插画家 Cindy Yang 在百忙之中从美国越洋替我绘制了封面与各章节插图。她的作品一直以来都与台湾的土地有深厚的联结，能够邀请到她替这部年轻又带点台味的编剧书增色，非常荣幸。感谢业内的前辈、朋友，在听闻我出书的消息后，愿意挂名推荐给我鼓励，还盛情写了许多感人的读后感，让我这个平常深居简出、没多少朋友的编剧，感觉到满满的暖意。

再次感谢如何出版社的主编怡如、项目真真与营销宜婷、惟侬，接受我任性的选择与未成熟的能力。感谢粉丝专页上每位学员，在我写书过程中的反复打气（本书开头那个混搭抽签的作业，就是在粉专上征求来的）。感谢家人们无论何时何地都在的支持。感谢我的第一位读者、营销顾问、公司老板、知心好友、心灵支柱、玩伴、情人、妻子、老伴佩君。感谢上师三宝加持。

愿故事中的咏琪（勇气）与高明，与你们同在。

一本书孵化的奇幻之旅：出书的企划与关卡

《周末热炒店的编剧书》出版后，很多人都觉得“把编剧教学写成小说”这个概念很有意思，但这其实并不是当初如何出版社找上我时，期待我完成的内容。

为什么人们需要这本书?

当时如何出版社邀我至办公室讨论出版计划时，放在我面前的，其实是我《带你写出 5 分钟微电影》的在线课程课纲。项目跟我说，她看了我的博客，没想过编剧教学文章可以让她一篇接一篇地看下去，她觉得我的内容可以出书，而且从在线课程的安排上，看出我有架构系统性内容的能力（毕竟书的内容不能是杂乱无章的）。

但书的内容要是什么？她没有确定的答案。或许是针对微电影的教学，或许是博客文章的整理，或许是……

但我反问她：“市面上有这么多编剧书，出版的人成就比我高，作品比我好，资历也比我久。为什么还会有人需要我这本？”

我觉得这是一个很关键的问题，也是多数人在企划一个作品时，时常没弄清楚的问题。大家都只想着“我想写什么”，却不太关心“读者需要什么”。

当然项目有备而来，她们觉得多数编剧书都是翻译本，许多用词、语法受限于语言使用习惯，以及翻译本身不见得是编剧专业，读起来常有距离感。而且编剧书中介绍的剧本格式、编剧环境，都是美国的情况，她们想提供属于台湾地区的声音。

作者与出版社，如果不能在目标上取得共识，书的内容就不可能对。但我觉得如果仅仅只是“台湾人出的编剧书”，似乎不构成卖点，而如果它仅仅是“东默农出的编剧书”，感觉好像也太受限于我本身的影响力，我希望能找到更独特的特色。

创造你的特色

事实上，市面上各家不同的编剧书，都是靠各自的特色出来的。《故事》是试着提出一个系统，将所有的故事（无论商业或艺术）包进这个系统里；《救猫咪》原则上舍弃了非主流的作品，专注在商业作品的标准化和步骤化；《你的剧本逊毙了！》是换了个角度，不去谈“好剧本长什么样子”，而是去谈“坏剧本长什么样子”，点出创作者容易犯的错误；《好故事！先抓住人物内心戏》专注在谈角色历程;《21天搞定电影剧本》在处理“想太多,写太少”的创作者惯性,没有太多细节教学,多数时候在鼓舞你“写就对了”。

总之,任何一部作品,无论是教学或是故事,如果仅仅只是“整体性很好”,很容易就会被埋没在茫茫书海中。这是许多创作者容易落入的盲点,总是会觉得“那个人又没有写得比较好,为什么这么卖?”,却忽略了独特性的问题。

有独特性,才会有营销点。

所以当时我提出了这个“把教学书写成小说”的概念,希望可以同时解决“易读性”“有特色”这两件事。项目和主编很快便被我这个新鲜的想法吸引,拍板定案。

虽然,我直到这时,都还不知道这个“小说化的教学书”会长成什么样子。

签约

谈定出书意愿和方向后,很快就进行了签约。这也是我之前写文章讨论“如何让出版社向你邀稿”的原因。

因为你去找别人谈,和别人来找你谈,是两种全然不同的局面。

你自己做好出书计划,写好企划书,挨家挨户地去寻找出版社，你必须要花很多力气，并且拿出更完整的东西去说服别人；但如果是别人来找你，其实过程中更像是别人在试图说服你，你有更多的空间可以让事情在你的掌握中。

所以尽管我们当时只是达成了模糊的共识，书的内容都还没有一撇，便可以准备签约了。

签约应该要注意的事情，有机会我再写篇文章谈。一般和大出版社签约，条件都会比较好，所以比较不用担心对方黑你。但千万不要不看合约就签下去，到时候真的只能怪自己。

另外，合约等于“说好的事”。所以如果合约上有些东西你不能接受，或是看不懂，请务必提出来和对方讨论，不要觉得“改合约很没礼貌”“问这个会不会显得很无知”，这些想法只是陷害自己而已。

还有，合约上签好的事，其实并不一定要100%配合，我不是在教你违约，我怕你想不开做傻事。合约就是“说好的事”，说好的事，能不能改？其实只要双方同意就能改了。所以签约需要谨慎，但不用过度恐慌。

开始进入写书地狱

这大概是出书过程中，最痛苦、孤独且漫长的一部分了。

我不确定这是出版社的习惯，还是项目对我过度放心，从我四月会议结束，一直到合约中签定要交初稿的八月中（因为出版社想在当年度就将书出版），他们完全没有来关心我的进度。（好像只有在八月初来关心一下写得怎么样了，但那也极接近截稿日了。）

不要问我为什么心脏这么大颗敢答应八月（仅四个月），我其实也只是纯粹乐观犯傻。事实上，我也是到十月才交出去，过程中献出了多次膝盖，虽然最终达成了当年度出版的目标，但也导致后面的制作过程有点仓促，对被我拖累的出版社同仁很不好意思。

总之，写书就是落实企划的过程。无论是你找人或人找你，这都是无法逃避的一环。

很多人会好奇我怎么写出这样小说与教学合一的作品，其实这件事说起来很酷，但难度并不真的顶天，关键在于你到底打算把故事讲得多好。

这种“故事与教学一体”的写法，并不是我的首创，像《被讨厌的勇气》《苏菲的世界》都用过这种手法，但以难易度来看，《苏菲的世界》就明显比《被讨厌的勇气》难上非常多。

我原本对标的参考就是《被讨厌的勇气》，但我很快就意识到，如果一本“教人编剧”的书，故事水平只有到《被讨厌的勇气》，恐怕会被诟病（太过简单）。所以我至少必须要安排一个故事，这个故事本身就可以作为书中介绍的方法的范例才行。

书的章节规划

想通这件事，剩下的事就比较单纯了。我先把我预期会在书中谈的事情条列下来，做了一个“教学的章节规划”，再利用 W 型结构，略略抓出可能的剧情走向，就形成了一个故事雏形。

所以如果大家去检查章节与情节的对应，就会发现第六章很明显是 W 型结构中间的高峰，而第五章其实就是第一个低谷和反弹。第八章尾和第九章则是第二个。

我并没有真正细致地去弄清楚我在每个阶段“一定会写什么”，但我拥有一个简单的目标：从第一章到第五章，反正主角要越来越惨就对了！这个简单的目标，配合着需要教学的内容，帮助我在书写的过程中，很快就可以找到接下来应该要发生的事。

我会先简单记下“这一章的结尾是什么”，好确保这一章结尾有悬念，并且知道情节量是多了还是少了（教学可能安排了十章，但剧情在第八章就推完了），是不是该调整。

有的人可能会困惑：但我怎么知道整本书有几章？为什么低谷是第五章而不是第四章或第六章？

我其实也不知道。事实上，随着我的书写，这个章节的规划始终都在浮动中。有些教学的内容从前面搬到后面，有些情节的安排有调动，章节也有修改，但重点不是“精准的预测”，而是“有目标的创作”。

主角的设定与细节

在故事方面，在最开始时，其实就只有男主（老师）和女主（学生）两人。这个性别的安排不是我歧视，而是我预设这本书的女性读者多于男性，所以叙事者安排为女性。

在其他角色出现之前，我在这两人的设计上，做了许多版本的尝试。这便是书中说的，主线是一切，其他配角、支线都是附属品，所以先确立主线，才知道其他该放什么。

我原本想依书中所教的“矛盾组合”，将高明这个角色设定为一个秃头、肥胖、粗野的大叔，好创造更多戏剧性和新鲜感。

但在试写之后，发现如果做了这样的设计，我会花很大量的篇幅去处理“情节”，而无法“教学”。为了合理化女主向这个大叔学习的动机和过程，我写了一万多字故事都还没进入教学——我觉得这似乎有点本末倒置，便做了修改。

在场景的部分，其实我也曾经有过“一个章节一个特色场景”的构想，毕竟台湾地区的特色场景非常多，除了热炒店，还有夜市牛排、蚵仔煎、台式早餐店、套圈圈、打弹珠……但在试写后，编剧书写起来变成了旅游书，而且这些特色场景容易沦为“纯场景”，而无法与教学产生交互作用，本身没有任何意义。

所以在几番试错之下，渐渐形成现在这个版本。角色足够明确、情节足够简单，而且符合书中在谈的 80%的原则，算是在时间压力之下的最佳选择。

封面与扉页设计

通常作者是不需要烦恼这个部分的，当稿件送出，编辑就会进行确认和校稿，并且由他们提供参考的风格，设计出几组封面给你做选择。

当时如何出版社就给了我一些选项，路线都比较偏向简约的文青风，但因为我心中把这本书定位成轻小说，所以希望能够将风格设计得比较动漫一点。主编尊重我的意见，但因为这个风格不是出版社美编习惯的风格，所以主编建议我与其交给他挑战不熟悉的路线来不断试错，不如我考虑找一个我自己确定风格适合的插画家会更快，出版社可以替我出设计的费用。

我当时参考了一些轻小说的绘师，但觉得如果真的画得太日系动漫，好像又真的太“轻”了。这终究是一本教学书，如果能够混合动画与文青的风格，又能表现台湾地区特色，应该会更理想，于是我找上了画过《上山下海城市间》，以浓厚台湾地区人文色彩和细腻情感闻名的 Cindy Yang。

当然，Cindy 的报价远超过出版社的预算，虽然朋友一场，我也不想占她便宜，所以我理所当然地自掏腰包贴补了差额，毕竟是自己的书，自己额外的要求，而最后的成果我也相当满意，替这本书增添了与其他编剧书相当不一样的亲切感与台湾味。

决定书名

在写书过程中，其实这本书的书名，都暂定为《成为编剧的那一年》，有点像第一人称的自传式小说。但主编认为这个名字虽然切题，可是似乎缺乏营销的亮点，对于一本编剧书来说，还是需要一些针对目标客群，以及说明主要内容的文案会更好。

在经历《在热炒店学编剧是不是哪里搞错了》《没才华的我被编剧老师请吃饭》之类的轻小说书名乱斗后，还是决定了相对正统的书名，就是现在的《周末热炒店的编剧课》。

这确实是一个很好的经验，事实上，如果可以早一点先想个更出彩的名称，或许在情节的设计上会有更不一样的表现，当书稿确定后，标题就会受限于书籍内容。但回到前面情节的部分，如果取了个《这本编剧书真好吃》这种美食加编剧的混搭书名，想必又会陷入本末倒置的难题。说到最后，还是只能怪自己能力有限，不过能有现在的成果，已经觉得相当感恩了。

忘了件重要的事

当书开始进入排版阶段后，出版社接着找我确认书的推荐人，我这才惊觉，糟了，我忘了一件重要的事：找人写推荐序。

如果我能如期将书稿完成，依照原本的时程，应该是可以在这时提出邀约，请适合的人选写好推荐序，然后一起进入排版程序。但因为我迟交了书稿，又没有事先将人选决定，变成从确认可以，到读完我的书，再到写好稿子的时间非常短暂。越想邀请有分量的前辈，这个时间点就显得越尴尬，光是要他们挂名推荐，都显得仓促。

幸好，业内的老师前辈们还是义气相挺，不但同意挂名推荐，还写了长长的推荐文，让这本书的专业度瞬间破表，书腰上的推荐人名差点挤不下（最开始还怕没有人愿意挂，太感人）。出了本书，欠了好大的人情，也感觉确实温情满人间。

所以提醒大家，在写书的尾声，其实就可以提早和心中预定要邀请的人选打招呼，给别人与自己多一点时间，才不会给人添麻烦。当然，这部分如果你本身没什么人脉可以协助挂名推荐，也不需要太有压力，出版社会替你张罗邀请事宜，你只要专心把书写好就可以了。

到这个阶段，书的制作部分就差不多告一个段落了，剩下的就是校稿、确认排版，还有确认封面、书腰的设计等等，这部分你基本上是大爷，出版社都会替你处理，你可以享受当主管出一张嘴的感觉（这人真是心术不正）。

* 本文及上一篇“后记”中，作者所提及的出书过程，皆指的是在台湾地区出版的繁体版。——编者注

出版后记

《周末热炒店的编剧课》是一本与众不同的编剧指南，你也可以把它看作一本与众不同的轻小说。

这是一本冷静到有些冷酷的书：开头就强调“编剧是没有梦想的职业”“想当编剧，从放弃梦想开始”；面无表情的高明老师似乎热衷于泼冷水，让新手咏琪陷入自我怀疑。

这又是一本温暖到让人泪中带笑的书：在咏琪情绪崩溃后，老师会用淡淡的语气说出暖心的话，鼓励她继续学习；故事的最后，咏琪终于意识到“梦想这件事，从来都是孤独的，因此它才会被称为梦想”，并和老师约定“一起去追更大的梦想”。

不论是一针见血的金句，还是温情励志的箴言，都还只是《周末热炒店的编剧课》魅力的一小部分。作为一本剧作教学书，它虽然小，却有一个清晰且有分量的内核：抛开复杂的理论和步骤，用最简单的方式，把在编剧大门之外探头探脑的菜鸟们，领进这扇门。高明老师目光犀利如 X 光机，语言表达也是一个字的废话都不讲。经过他的讲解，复杂的剧作原理变得一目了然——谈到故事曲线，他说“要让观众相信相反的事”；谈到角色设置，他说“导师的功能……很多时候是用来‘死’”；谈到对白，他说“不失分就算得分”……当然，书中提到的技巧并非面面俱到，但它可以让新手快速站上一定高度，面对大多数情况都能心里有数，而不是困在细枝末节当中，迷失了方向。毫无疑问，能否做到深入浅出，必要时抓大放小，也是判断一位老师教学水平的重要标准。

除了讲解剧作知识，本书还介绍了编剧必须具备的制片常识，希望教会新人编剧们如何识别“制片蟑螂”，保护自己的权益，共同建设一个更加尊重创作者的大环境。

在编辑过程中，我们按照大陆通行标准统一了人名和片名，如有疏漏之处，还请读者朋友们不吝指出。另外，我们特别收录了东默农老师发表在“东默农编剧实战教室”网站（www.domorenovel.com）上的文章《一本书孵化的奇幻之旅：出书的企划与关卡》，它呈现了这本书幕后的创作故事，也能帮助读者更好地理解书中蕴含的巧思。文中提到，咏琪与高明的故事本身也符合书中所讲的 W 型结构，读者朋友们不妨尝试梳理看看。

其实，在梦想面前，我们都是咏琪——尽管东默农老师说“其实我与高明一点也不像”。也许你的状态正像故事开始时的咏琪一样，怀揣编剧梦却没有头绪；也许你正挣扎在寻梦路上，正如咏琪一次次崩溃大哭又一次次擦干眼泪回到课堂。希望这本书能帮助你将梦想的样子看得更清楚，陪伴你一路披荆斩棘，从“原来世界”迈入“美好世界”。

后浪电影学院

2021年5月

图书在版编目（CIP）数据

周末热炒店的编剧课 / 东默农著. -- 北京：中国友谊出版公司, 2021.5（2024.4重印）
ISBN 978-7-5057-5193-4

Ⅰ.①周… Ⅱ.①东… Ⅲ.①电影编剧—教材 Ⅳ.①I053.5

中国版本图书馆CIP数据核字(2021)第059961号

著作权合同登记号 图字：01-2021-1118

书名 **周末热炒店的编剧课**
作者 东默农
出版 中国友谊出版公司
发行 中国友谊出版公司
经销 新华书店
印刷 天津中印联印务有限公司
规格 880毫米×1194毫米 32开
10印张 173千字
版次 2021年5月第1版
印次 2024年4月第4次印刷
书号 ISBN 978-7-5057-5193-4
定价 60.00元
地址 北京市朝阳区西坝河南里17号楼
邮编 100028
电话 （010）64678009